成长·悦读

冰心儿童图书奖获奖作家作品

Bing Xin

ERTONG TUSHU JIANG HUOJIANG ZUOJIA ZUOPIN

远去的鸽子

相裕亭◎著

中国书籍出版社
China Book Press

图书在版编目（CIP）数据

远去的鸽子 / 相裕亭著．——北京：中国书籍出版社，2013.7

（成长·悦读）

ISBN 978-7-5068-3637-1

Ⅰ．①远…　Ⅱ．①相…　Ⅲ．①小小说—小说集—中国—当代　Ⅳ．① I247.8

中国版本图书馆 CIP 数据核字（2013）第 158093 号

远去的鸽子

相裕亭　著

丛书策划　尚东海　武　斌
责任编辑　邓潇潇
责任印制　孙马飞　张智勇
封面设计　红十月工作室
出版发行　中国书籍出版社
地　　址　北京市丰台区三路居路 97 号（邮编：100073）
电　　话　（010）52257143（总编室）　　（010）52257153（发行部）
电子邮箱　chinabp@vip. sina. com
经　　销　全国新华书店
印　　刷　北京一鑫印务有限责任公司
开　　本　710 毫米 ×1000 毫米　1 / 16
字　　数　215 千字
印　　张　13
版　　次　2013 年 12 月第 1 版　　2018 年 7 月第 2 次印刷
书　　号　ISBN 978-7-5068-3637-1
定　　价　24.00 元

序

这是一套冰心儿童图书奖获奖作家的小小说作品集。看到这套书，就不能不先谈谈小小说。

从上世纪80年代中期开始，由于社会生活的变化，快节奏的现代生活，使人们在艺术鉴赏中，越来越注意审美经济原则，即以最少的时间获得最多的收获，因而在阅读上要求精练精短，从而催生了小小说的迅速发展。我国的小小说迅速从“创作现象”发展为“文体现象”，再演变为一种“文化现象”，构成了中国当代文学史上的一道亮丽风景。

最为打眼的现象，是小小说迅速走进了大学、中学，走进了中考和高考。

进入新世纪以来，中考、高考语文试卷基本都有“话题作文”，而“话题作文”最接近于小小说。

2001年，南京考生蒋昕捷的作文《赤兔之死》，获得高考满分，被选入南昌的《微型小说选刊》后，又被收入《中国微型小说双年选》一书。后来连续几年高考结束后，总有人说某考生的满分作文是抄袭或模仿某作家的哪篇小小说，以致闹得沸沸扬扬。若真要对这一频发现象刨根问底，得出来的结论只能是一个：小小说是学生喜爱、教师推崇、家长关注的一种文体，中学教育需要小小说。

据不完全统计，近年来，小小说被收入各类试卷与教辅教材的有上千篇之多，本套丛书的作者，均有作品被选入各类试卷与教辅教材，如：郁葱的《特别的生日礼物》(原名《特别的礼物》)，被山东、河北、河南、辽宁、黑龙江、江西、云南、甘肃、福建等十几个省市作为中、高考语文考试阅读范文或模拟试题，2013年，天津滨海新区五所重点中学将该文选入高中毕业班联考语文试卷；亦农的《棋杀》，先后入选武汉市2008—2009年度九年级统考试卷，入选成都2009—2010年中考试卷、云南师大附中高考月考试卷，等等。

2009年，凤凰出版集团旗下的江苏文艺出版社，出版了南京师范大学凌焕新教授主编的《高考金榜作文与微型小说技巧》一书，对高考金榜作文与小小说的关系进行了梳理与考证，认为小小说对提高中学生的作文水平将产生立竿见影的效果。

由此可见，中国读者需要小小说，中国教育特别是中学教育更需要小小说。

然而，自上世纪90年代至今，已出版的小小说作品集，以及收入小小说的教辅资料浩如烟海，仅获“冰心奖”的作品集就不少于80本。其中哪些文学品质高，哪些适合中小学生阅读，应当是需要一套选粹本的。这套丛书就是根据此需要，从冰心儿童图书奖获奖作家的作品中，遴选出的既有较高文学品质，又适于中小学生阅读的精品力作。可以说，这套丛书，是发给中小学生的“特快专递”，是通往语文课堂的“直达快车”。有了这套书，语文老师在选用范文时，就用不着在浩如烟海的教辅资料中沙里淘金、“众里寻他千百度”了；学生看了这套书，在进入中、高考语文考场时，心里就不会“兵荒马乱”了。

中国文学的未来是属于青少年的。我希望这套丛书，能够为青少年一代提供文学的正能量，培育出更多热爱文学、热爱小小说的青少年读者和作者。

是为序。

金波

成长·悦读

目录 Contents

成长·悦读

目录 Contents

成长·悦读

目录 Contents

目录

Contents

远去的鸽子

小时候，我家阁楼里养着一群鸽子。后来，两边房屋加高，阁楼“陷”下去，那群鸽子便飞走了。

爷爷说，鸽群飞走的那天，他有所察觉。当时，爷爷正蹲在小院的丝瓜架下，给刚放黄花的丝瓜苗松土施肥，忽听一阵“扑嗒嗒”乱响，抬头一望，阁楼里大大小小的鸽子全都飞起来了。但它们并不远去，绕着阁楼盘旋了很长时间。

刚开始，爷爷认为是老鸽子领着幼鸽子练翅膀的。后来，鸽群越飞越高，爷爷这才觉得有些异样。但他没想到它们要走。

后来的许多天里，爷爷天天去阁楼里张望，期待鸽子能飞回来。爷爷后悔当初不该把阁楼两边的房屋加高，不该让我和哥哥整天爬到阁楼上去掏鸽子蛋。

大约是半年以后，家里人看鸽子们不回来了，便把阁楼拆了，盖成和两边一样高的房子。

殊不知，偏在这个时候，鸽子们忽然三三两两地结伴回来寻找阁楼。它们面对“故居”的变化，长时间盘旋在空中，有的，还大模大样地落在左右房顶上张望；还有的干脆同过去一样，落在院子里，同我们家的鸡们、鸭们争食吃。

但最终还是飞走了。因为，那时间，家里人对它们的到来，已经很敌视了，尤其是我哥哥。每当看到鸽子飞来时，他总是变着法儿要置它们于死地，他不是躲在暗处，紧眯着眼睛，用弹弓瞄准鸽子们东张西望的小脑袋，就是咬牙切齿地握一块尖砺砺的石头，猛砸向它们。

爷爷反对我哥哥那样做，但我哥哥还是明目张胆地给它们“颜色”看。我哥哥说："反正那鸽子已经不是俺家的了。"言外之意，打死一只，得一只。

可爷爷不这样认为，爷爷说，飞走的鸽子又飞回来，一是说明它们对新家不如意。再者，说明那鸽子和我们家有了感情。尤其令爷爷感动的是，有只花脖子老鸽子，经常飞来，且每次飞来都落在爷爷老屋的窗台上，爷爷认识它，那是我们家最初喂养的一对老鸽子中的一只。爷爷不许打它，哥哥嘴上答应不打它，可背地里尽打它的歪主意——想捉活。

哥哥趁爷爷不在家的时候，拿扫帚扑打它，有两次都把那花脖子老鸽子按在扫帚底下了，它又扑打着翅膀逃走了。

几次惊吓之后，那只花脖子老鸽子不来了。

爷爷说它老了，飞不动了，还猜测它被人家的气枪打死了，就是没想到是被我哥哥的扫帚吓怕了！

岂料，转年冬天，一个大雪封门的早晨，那只花脖子老鸽子又飞来了。何时来的，无人知道，等家里人知道后，爷爷已不声不响地在院子里扫出一块雪地儿，撒上了半瓢金灿灿的谷子等它下来吃。爷爷说，那只花脖子老鸽子真的老了，雪天里，它找不到食吃了。

殊不知，那只老鸽子面对地上的谷子，蹲在窗台上一动不动。

爷爷愣愣地看了它半天，末了，慢慢地走近它，等爷爷双手托起它时，这才发现，那只花脖子老鸽子已经死了。

取 信

学院收发室，有一面鸽子窝似的信箱墙，分班级编上信箱号。各班级指定专人，拿着收发室配给的钥匙，每天坚持来开箱取信分给大家。

我们班第一个取信的是沈小云。她开始取信时，积极性很高，每天往收发室跑好几趟。空手回来的时候，一进教室，看谁向她张望，她会主动告诉人家：“信还没来！”有时，还两手一摊，冲你做个鬼脸。

赶上她去开信箱时，收发室正忙着分信、分报，她会很有耐心地站在信箱口，眼瞅着收发室把信一封一封地投进信箱，她一封一封地拣在手中。若是看到有自己的信，不管是老家来的，还是远方同学来的，她都会当场撕开，边看边等着其他信件投进去。若不是自己的信，她便拿过来，从邮票到寄信人的地址，以及收信人和寄信人之间到底是什么关系等，仔细研究一番。等她把班里的信都取回来，在教室里一封一封地分给大家的那一刻，她觉得自己很有成就感，很荣耀。

这时候，若有人问她：“有没有我的信？”

她会告诉你：“在路上。”或是说：“等明天吧。”

说这话时，她会很甜地冲你笑笑。班里的男生女生，都很喜欢她。

可时间不长，她不取信了。

沈小云说，取信分散了她不少精力。她跟辅导员建议说：“找个学习好的同学取信吧！”

辅导员是个年轻的留校生，他很理解沈小云此刻的心情。当时，沈小云已经有一门考试课不及格了。辅导员手中轻轻滑动着沈小云交来的钥匙，慢条斯理地说："你回去吧，你叫田平到我这里来。"

田平是学习委员。

这以后，班里的信件就由田平取了。可时间不长，田平也不取了。辅导员又找其他人。出乎意料的是，第三个学期快要结束时，辅导员突然找到我。辅导员拿着信箱上的小钥匙，跟我商量说："我想把取信的事交给你。"

我一愣！我跟辅导员说："我的事情已经够多的啦。"

当时，我在学生会搞宣传，整天忙着出黑板报、搞宣传栏，还自编一张《校园生活》的油印小报。

辅导员说："你就利用去学生会的时间，顺便把班里的信取来就行。"

辅导员还说："你别把取信当回事情，想起来，就去收发室看看。实在不行，你两天取一次，三天取一次，也是可以的。"

尽管辅员这样说，可我接过钥匙后，还是坚持每天都去取信。

但我，不像沈小云那样，有事没事往收发室跑。我选在下午自习课以后。那时间，收发室所有的信件都分好了，我去取了信就回来。途中，遇到其他班里的学生干部，还可以借此向他们约稿，询问他们班里的宣传情况。

这样一来，等我拿着信回到教室，那些等信、盼信心切的同学，早就望眼欲穿了。给我印象最深的是，我的邻桌陈燕萍每天都在盼她的信。

原因是，我取信那阵子，她正和北京航空学院的一个男生谈朋友，几乎是每周都有信来。有时，她读了对方的回信或是没有按时接到对方的信，她会整个晚上，甚至要延续到第二天，都没有心思学习。

我很担心她那样投入，会影响她的学习成绩。

有一个周末，那位北航的男生又来信了。我取到后，看当天的作业比较多，故意没有及时给她。

岂料，这下可坏了大事了！

那个陈燕萍，看到当天没有她的信，默默把桌上书本一收，起身回到宿舍，把那个男生以往给她的信件，统统烧了。

事后，我才知道，那段时间，他俩的关系紧张，私下约定，本周内若接不到对方回信，就意味着他们的关系到此中断。

卖 羊

六叔集上卖羊回来，天都快黑了。小村里，家家户户，炊烟袅袅。

六叔走在街上，不时听到“呱嗒呱嗒”的风箱响，就知道，该是吃晚饭的时候了，再看看沿街的人家，老老少少都围在桌边了。六叔没想到天黑得这么快！

本来，卖过羊，接过钱，就没有六叔什么事了。可他递交羊绳时，那只没有上绳的小羊羔，怎么也不肯跟那个戴鸭舌帽的买羊人走。

六叔把兜里喂剩下的几粒豆子，交给“鸭舌帽”，教他把豆子放在掌心，蹲在老羊身边，慢慢地张开手，那羊羔就过来了。可“鸭舌帽”按六叔说的做了，那羊羔就是不去吃他手中的豆子。

“鸭舌帽”身后藏着绳子，他想把那羊羔捆扎起来，放在车上推着，省得集上人多跑丢了。

六叔不忍心他那样做，六叔说：“不用捆，你牵着老羊前面走，它自然就跟着跑了。”

“鸭舌帽”试着拽老羊前头走，可那小羊羔却围着六叔“咩咩”地叫着，直打转转。

六叔说：“这小东西，成精了！”

“鸭舌帽”说：“你把它抱住，递给我。”

六叔知道他要捆扎它。

六叔说：“这样吧，我给你牵着老羊往前送送。”六叔说，反正他也没有什么事情，帮他送出集外。

"鸭舌帽"似乎有些不大放心，含含糊糊地说："……那也行。"

递交羊绳时，"鸭舌帽"问六叔："哪庄的？"

六叔说："下家套的。"

"下家套的？姓什么？"

六叔有些恼！六叔说："跑不了。要不，我把钱再给你！"

"鸭舌帽"笑，说："我不是那个意思。"

六叔说："要不是急着用钱，我还不卖哩！"

"鸭舌帽"一脸坏笑地看着那羊，说："那是，那是。"

后来，六叔帮送到集外后，又送了好远，直到人家说："前面就到了。"六叔这才把羊绳交给"鸭舌帽"。也就在这同时，六叔帮人家揽住小羊，"鸭舌帽"上来就把它捆扎上了。

六叔从"鸭舌帽"捆扎小羊的狠劲上看，那人是个"小刀手"。

当下，六叔就想到，那两只羊，只怕是连明天都活不过去了。

往回走的路上，六叔的心里酸酸的。直到晚上走进家门，他满脑子里还是"鸭舌帽"咬着牙根，捆扎小羊的凶杀样儿！

进门，女人问他："卖了？"

六叔没有吱声。

"卖了多少钱？"

六叔还是没有吱声。但六叔进屋后，不声不响地从怀里把钱掏出来，放在桌上了。

女人接过钱，凑在灯前的亮光里，蘸着口水，先点出四块七，说是还街口二华家小店的酱油、味精钱；又点出八块，说后天好去下家沟顺他三姨家喝喜酒；还剩下三十二块三，女人一连点了六遍，说："这个钱，不能乱动了，全留给小顺子住校用。"

小顺子读初三了，吃住在山左口联中，每个星期都要花十几块钱。

女人把留给小顺子读书的钱，用一块旧布条包好，放进床头的小包袱里，就来打听那羊的下落。

女人问："那羊，卖给什么人了？"

六叔不吱声。

女人又问一遍："卖给谁了？"

六叔一时心焦，猛不丁地冒出一句："谁出钱多，我卖给谁了！"随后，六叔把脸别在一旁，不搭理女人了。

女人猜到，他一准是把那羊卖给"小刀手"了。早晨出门时，女人还交待过，让他千万别卖给"小刀手"……

可他，还是卖给"小刀手"了。

女人轻叹一声，说："唉！可怜那小羊，还没有吃过开春的嫩青草……"一语未了，女人的泪水"吧嗒吧嗒"地打在她那枯树根一样的手臂上了。

杀 驴

六叔把他那脏乎乎的袖子挽到胳膊肘上的时候，就想到，等会儿这胳膊，连同那把已磨得锋利的尖刀，就要一起扎进墙角那头倔驴的胸腔里。

这阵子，六叔正蹲在小院的石磨旁抽烟呢，脚边的砖头上，已磕了一大堆烟灰，仍不见西巷的他三姑夫来帮忙。

都说好的，叫他吃过早饭就来，怎么就不来了呢？六叔有些急不可耐了，自个儿去墙角解下驴，就要往小院篱笆墙边那个准备放血的瓷盆前牵时，忽然想到：忘了找根绳子，把驴的四蹄绊上。于是随后牵驴至小院的石磨前，就手把驴绳扣在磨把上，等他从屋里找好绳子出来，发现那驴已不在磨把上了。

此刻，那倔驴，正新奇地站在篱笆墙边的放血盆旁，轻摇着尾巴，嗅着那堆刚挖好的新土。

六叔后悔刚才没有把驴绳系牢实。打个死扣就好啦。

六叔手中握着刀和绳子，一步门里一步门外地轻唤一声："灰儿——"

往常那畜生虽倔，但就凭六叔这一声唤，不管它跑得多快多远，立马就会停下来。可今天，那畜生好像识破六叔拿着刀子、握着绳子要来杀它，不听呼唤不说，反而，倔劲上来了，六叔那边唤它，它这边调头走开了。

六叔跟这畜生缠了七八年，深知它的性情刚烈。慢慢跟在后头走了几步，想乘其不备，一脚踩住那拖拉在地上的驴绳。

谁知，那畜生极灵，每次，不等六叔抬脚去踩绳子，那驴子便调头跑开，且始终和六叔保持着一段不远不近的距离。六叔快，它也快；六叔慢，它也慢；六叔站着不动，那畜生也停下不走了。幸好六叔家的篱笆院儿大，连追了几个回合，也没伤着院里的盆盆罐罐，只是满院的鸡呀、鸭的吓坏了，惊得四处逃窜。

后来，也就是六叔看那倔种向东南角篱笆墙的豁口处靠近时，六叔的心里有些发毛，他假装不追了，绕到石磨后边，稳定了一小会儿。看那驴子向远处张望时，便猫下腰，轻手轻脚地从驴的后面往前挪了几步，还想再挪几步……就在他要靠近驴时，猛一个箭步去踩驴绳，岂料，那驴子好像早有准备，几乎是瞬间一个跃身，扬开四蹄，跳出了篱笆墙。

这一来，六叔慌了！他大步跨过篱笆墙，扯开嗓门，声嘶力竭地冲小街上大声呼喊："截住！把驴截住——"

幸亏那是小村腊月天，小街的太阳地里，拿石子、瓦块下棋的人很多，前后一堵截，就把那驴子围困在街心了。最终，那畜生走投无路，昂天"呜啊——呜啊"地一声长叫，随即，一泡黄尿，顺着胯下，"唏哗唏哗"地流下来。

六叔后边跑来，接过驴绳时，那个气哟！本想狠狠地抽打那畜生几下，孰知，就在六叔拽紧驴绳的同时，忽然发现那倔驴两眼里扑闪出两行浑浊的清泪，再看看它胯下的那泡黄尿，六叔的心软了，手也软了，六叔举起的绳索，又慢慢放下了。

末了，六叔轻抹了一把那倔驴的老泪。别过脸，两手反剪在后背，握着驴绳，前头紧拽着那驴，头也没回地走了。

诱谎

小伍叔，小名小结实。

小的时候，我跟他一起下湖拾草、铲青、剜菜，一起到大海里捉乌贼鱼、拣海带、摸海砂子。冬天，天气很冷的时候，我们黑更半夜里，结伴到生产队的牛栏、猪圈里偷粪去。

那时间，我叫他小结实，他叫我二园子，彼此没有丝毫的家族辈分之分，完全是一对要好的小伙伴。现在不行了，现在我偶尔回乡去，见到小伍叔，老远就要“伍叔伍叔”地叫他啦。倘若再叫他“小结实”，那是要遭骂挨揍的。可反过来，他是当叔的，仍然可以亲切地叫我“二园子”。

小伍叔比我大几岁，个头没有我高，心眼子比我多。他没有上过学，可他脑瓜子好用，认识好多字，能读报纸，会写信，会背《百家姓》前面的二十多句。我和他一起玩耍时，好主意坏主意全是他来拿。我跟他学会书本以外的好多知识，比如，月亮周围有光圈，第二天准要刮大风；地瓜沟上有裂口的地方，底下保准结个大地瓜；小牛犊子一旦扎上了铁环鼻儿，转年开春时就要让它离开妈妈学耕地了。还有一些鬼鬼神神的迷信东西，也是小伍叔教给我的，比如说，天上有多少星星，地上就有多少人；河水打旋的地方，底下藏有大水怪，专吃小孩子；马路上有人倒药渣子，千万不要去故意踩，如果是故意踩了，就会把恶鬼带回家，等等。最经典的，也是最传统的一个忠告，就是小孩子不能说谎。小伍叔告诉我，说谎的孩子，夜里睡觉时准要做噩梦。这件事，令我记忆犹新，原因是我在小伍叔面前说过一回谎，确实也为此做过许多噩梦。至今，那个噩梦还在缠绕着我。

那是一个槐花飘香的季节，小伍叔不知从哪里得知槐花籽可以卖钱，他领着我家前屋后，到处找槐树，打槐花籽儿。

说是槐花籽，其实就是尚未绽放的槐花骨朵。小伍叔找来一根长长的竹竿，前头绑一截鸭嘴一样的小树枝，慢慢地从槐树枝间，伸到一束束槐树花后面，轻巧地挟住槐花枝子，手中的竹竿往一个方向用力一拧，就听树枝间“咔吧”一声脆响，一束沉甸甸的槐花籽儿，或是坠落在地面上，或是正衔在竹竿顶端的“鸭嘴”间。赶上槐花坠满枝头时，小伍叔还怂恿我爬到树上去。那样的时刻，一旦被树的主人发现，小伍叔就像兔子一样跑了，我却在树上被人当贼一样地捉住。

不过，捉住也没有关系，小孩子嘛，乡亲乡邻的，大人们恒唬两句也就拉倒了。有时，看你趴在树上不敢下来，大人们还要好言相劝：“下来吧，小心一点，别摔着！”

西巷的九奶奶就是那样，她看到我和小伍叔偷她家的槐花籽，老远地颠着一双小脚跑来，一路大声喊呼：“又是二园子和小结实吧？看我不打断你们的腿！”可等九奶奶真的走到跟前时，我和小伍叔多数时候都跑远了。有时，我在树上没来得及下来，九奶奶不但不会打断我的腿，还要递一个高板凳放在树下，哄着我说：“好孩子，听话，你快下来吧。”

九奶奶是个孤老太太，小伍叔叫她九婶子，她是小伍叔家的近门。小伍叔上面的几个哥哥，轮番给她挑水、送柴。小伍叔从九奶奶房里出来时，手里经常握着九奶奶给包的一块煎饼。有时，小伍叔手中的煎饼还能让我咬一小口。

但九奶奶不让我和小伍叔偷她的槐花籽。九奶奶自个儿也知道槐花籽能卖钱。我和小伍叔去公社供销社收购站卖槐花籽的那个集日，九奶奶把她攒了一小布口袋的槐花籽，交给小伍叔给她代卖。当时，我和小伍叔每人都攒了一小包晒干、晾透的槐花籽。

当天，卖过槐花籽，我与小伍叔在柜台边分钱时，小伍叔先拿出他的一毛三分钱，然后问我：“你是一毛六吧？”

我一愣！心想：小伍叔一定是记错了。但我顺水推舟说：“对，我是一毛六。”

小伍叔点着钱，想给我，又没给。突然间，他好像想起什么，说：“噢，不对，你是八分钱，俺九婶才是一毛六分钱，你再好好想想。”

我的脸腾地一下红了！我木呆呆地看着小伍叔，半天没有吱声。

小伍叔提醒我说："你是二斤七两，九婶是五斤二两。"当时，槐花籽三分钱一斤。

我埋下头，不敢与小伍叔对视。

小伍叔也没再说啥，点给我八分钱，没事人一样，说："走，咱们去集上耍吧。"可我哪里还有耍的心思哟！我在小伍叔面前说了谎，小伍叔一定是看不起我了。我们老家有句话，"一岁不成驴，到老驴驹子。"也就是说，一个人，小的时候不成器，长大了也不会有什么大出息。我在小伍叔面前贪财，说谎话，长大了，肯定也不会是什么好人了。

从那以后，我的思想包袱很重，以至于很长时间，甚至是很多年，我在小伍叔跟前始终抬不起头来，我总觉得小伍叔知道我的为人不好了，总觉得他是看不起我的。

然而，当我大学毕业，懂得一些心理学之后，慢慢意识到：当年，小伍叔不该那样引诱我。

那一年，我才十一岁，哪能经得住那样的诱惑？可恨的小伍叔，让我在幼小的心灵中，背上了一个沉重的包袱。而且是一背几十年。

套 梨

那年秋天，县教育局把当年高考落榜而又有望来年“中举”的考生们，汇集到当年升学率比较高的金山中学，办了一个复读班。

我有幸成为那个班的复读生。

不作美的是，我家离金山中学太远，二十多里山路，全凭两条腿一步一步地量。途中，还要趟过两条大沙河，翻过一道山岭。当时，学校课程紧，我不能每天都回家，只能每个星期天的下午回家背一趟煎饼，星期一一大早，再披星戴月返回学校读早自习。期间，六天半的时间，要在学校度过。而且，顿顿饭都是吃煎饼、就咸菜、喝学校免费供给的白开水。准确地说，每周的星期一、二，吃得要相对好一些。因为，刚刚从家里来，母亲总要炒点熟菜给我带上，等到星期三、四之后，就只能愁眉苦脸地啃那“摇头饼”了。

我说的“摇头饼”，就是地瓜煎饼，吃多了肠胃上火、口齿生疮，连吃几天，胃里直翻酸水，让你一点食欲都没有。

好在当时求学心切，谁也没有去在乎吃的好坏。每顿饭能填饱肚子就可以了。可那时间，我们刚好十七八岁，个个都是长身体的时候，每天吃不到蔬菜、见不着油星，几天下来，校园里的青树叶都想咬一口。

忽一日，大家发现与我们教室一墙之隔的果园里，梨子长大了。便有人跃跃欲试——想偷梨子。

可我们教室与果园相隔数米，尤其是中间还隔着一道高高的围墙，如何才能摘到梨子呢？大家群策群力，很快有了主意！与我同桌的王家明把他的蚊帐竿拆下一根，前头用铁丝拧上一个圈儿，圈的底部用塑料布缠上一个小兜儿，偷梨的工具就大功告成了。中午，我和王家明，还有几个想吃梨子的同学，趁老师午睡时，悄悄推开教室的后窗，将前头带着“圈套”的竹竿，慢慢地伸向梨树丛中，专拣个儿大的梨子收进“套中”，然后，左右一拧，或猛地往后一拽，一只大大的梨子就被“套”下来了。

刚开始，我们按照参加“套梨”的人头数，每人一只梨子，就草草收兵。可两三天过后，大家担心事情败露，不敢在一棵梨树上下套，甚至不敢多套，生怕看梨园的那个大爷看出破绽，找到学校来。所以，每回套下一只梨子，哪怕套下一只尚未熟透的梨子，三五个同学围在一起，你咬一口，他咬一口，解解馋，也就罢了。

尽管如此，我们的“套梨”行为，还是被梨园里那个大爷发现了。

印象中，那天上午，班主任老师正给我们上数学课，教室的门突然被“咣”地一声推开了。

刹那间，教室里所有人的目光，齐刷刷地汇集到门口那个看梨树的大爷身上。只见他头戴一顶黑色的破毡帽，灰不溜秋的外衣上，系着一根毛扎扎的草绳子，一步跨进我们教室，满脸怒色地指着后窗外的梨园，吼道：“谁偷我的梨子啦？嗯！”

教室里，顿时鸦雀无声。

难堪的沉默中，我和王家明，还有几个偷梨子的同学都不敢与老人对视。但我们谁也不敢在那一刻承认偷吃了老人的梨子。我们低头不语，老人在教室门口乱骂一通，愤愤然地离去了。

之后，当天的数学课，改成了“政治课”，班主任老师说我们能在此复读，都是来年有希望的学生，将来都是国家的栋梁，怎么能随意去偷老乡的梨子呢？等等。末了，班主任责成班长，让偷梨子的同学，自觉地把以前所偷的梨子，折成钱，给那个大爷送去。

当晚，我和王家明，还有其他几个偷梨子的同学合计了一下，把身上为数不多的、准备买学习资料的钱凑给了班长，请班长替我们负荆请罪。

原认为事情就那样结束了，没料到，第二天上午，梨园里的那个大爷又来了。

这一次，他不是来训斥我们偷他梨子的，而是挎来满满的一筐个大、皮黄、肉厚、肚儿园的大甜梨，往我们教室一放，说："这才是熟透的梨子，你们吃吧！"

说完，老人转身走了。

教室里，一阵沉默之后，站在讲台上的班主任老师，最先发现梨筐上压着一个纸包，打开一看，老师半天没有吭声。但坐在前排的同学都看到了，那是昨晚我们几个人凑给老人的一包零碎钱，他又如数退还了。

推 煤

快过年了，哥高中时同学捎信让去弄点煤。

哥那同学在运煤船上做事。煤，是他平时运煤打扫船舱攒下的。哥说，他有时也偷一点。

妈让哥推个车子去看看。

哥说他不好去，万一给得少，他推个车子去，很难为情。哥让我去，说我年龄小，跟弄着玩一样就把煤给推来了。要是哥去，还得称斤糖块分给他家小孩。他家小孩挺多的。

哥说他家两三个小孩，都是女孩。生头一个女孩时，哥让大嫂买了十斤鸡蛋、六斤粉条去看了“月子”。第二个女孩藏着生的，没露面。哥知道了，给买了两身小衣服。俩人高中时处得不错。这些年，当亲戚走动。

哥交代我，见了他同学，叫他过年到俺家玩。

我问：“叫他哪天来？”

哥说：“让让就行，他不一定真来。”

我说：“行！”

哥怕人家来。

那几年，哥嫂和我们住一起，花钱要跟妈要。真要是同学来了，又是酒，又是烟的，哥怕妈不高兴。

妈呢，也顾忌哥的面子。我推车子要走，妈捧了两捧花生放在准备装煤的篮子里，让我进门时，分给人家孩子香香嘴。

妈说："这可是给你哥脸上好看的，你千万不要偷嘴。"

我嘴上答应，说："行！"可半路上，看那花生在篮子里来回滚，就偷吃了几个，就几个。不过，是双粒的。

那年，我十五岁。

哥那同学见了我，猛吃一惊，说："哟！我两年没见，你长这么高啦！"

我笑。

"你哥呢，怎么没来？"

我说："他有事，叫我来了。"

这话是哥教我的。

结果，真被哥说对了。人家给的煤，还没装满我带的两个脸盆样大的竹篮子。

哥那同学很会说话，怕我不会推车子，特意给我少装。还说下回叫我哥带两个大篮子去。其实，他家没有多少煤。我趴在放煤的炕洞里看了，几乎都给我装篮子里了。

送我出庄时，哥那同学说："天气不是太好，要不，过一天再走？"

我知道那是客套话，我说："不碍事，下不了雨。"

当时，已经烟雨茫茫了。

早晨出门时，天就阴阴的。我怕下雨，不想来的。妈硬让来。妈说，年前没有几天了，早点去吧。

妈担心去晚了，人家的煤送了别人。那几年，烧煤凭本供应，可金贵了。

但妈事先没想到我途中遭雨。

开始，雨不大。刚湿地皮，车轱辘碾过去，后面是一道细长的白道道。等车轱辘上粘挂起树叶乱草时，雨就下大了，车轱辘在地上直打滑，车轴里塞满了泥。我使劲推也推不动。推不动，就停下来找树枝抠车轱辘，可抠过了，走不了几步，车轱辘又不转了。实在没办法了，就到附近一家牛屋里去避雨。本想等雨停了再走，可喂牛的那个大爷告诉我，雨停了，路上泥水多，更不好走。那大爷让我第二天早起，趁路上结冻时来推。我想也是这个理，就把车子和煤都放在那牛屋里，空身一人走了。

回到家，妈一愣！问我："煤呢？"

我说："在路上。"

妈吓了一跳，说："叫雨水冲了？！"

我说："放在东庄牛屋里了。"

"你怎么放在那？"

我说："路上滑，车子不好走。"

"你认识人家？"

我说："不认识。"

"那你怎么敢放在那？"

我说："我不放那，我放在哪？！"说这话的时候，我委屈得就要哭了。妈哪里知道，泥地里，为了推那点煤，我就差没给老天跪下了。

妈看我不高兴，也就不再问我。

晚上，我都上床睡了，妈又到我床头问我："你篮子里的煤，做没做个记号？"

我说："做什么记号？"

妈轻叹一声，别过脸去，说："哎！到底是小孩子，什么都不懂！"

我不懂妈说我不懂什么。

第二天，我领哥去把煤推来，妈指着篮子里的煤，一再让我辨认："你看看，这煤，和昨天相比，少没少？"

儿子来信

离城八十里，是片青黛幽幽的山区。有数的几十户人家，散住在坳内一条二里多长的山溪两岸。坳内长满了树，溪水从房屋和树根旁流过。景致是很美的！

乡邮电所的小邮递员，骑辆半新的“飞鸽”车，每天午后进山来，送来外面大世界对小村人的问候。

小村里人不忍心远道而来的小邮递员再挨家挨户送信件，主动要求邮递员把邮件集中放在村部。于是，每天午后或傍晚，小村的广播喇叭里，准要喊呼张三、王五带上私章到村部来。

“曹亮！”

今日里的这声呼唤，对期待中的曹亮大叔来说，如同久旱的庄稼喜逢骤雨。老人扔下正切猪草的菜刀，抓过一旁小树杈上的旧衣衫，边伸袖子，边往大门外走。已经走出大门了，他又折回头，扯开嗓子冲屋里喊：“贵——他——娘——，俺贵子来——信——啦——”

喊了一声，没等屋里的女人照面儿，曹亮大叔便乐颠颠地奔村部去了。

小贵子开春时退了学，抹着泪水跟山后的基建队去了大庆。他们在那里建大楼，干得很红火。曹大叔是找了个熟人才把小贵子带上的。临行前，曹大叔挂念儿子头一回出远门，千叮咛万嘱咐，让他常写信来。可是，从春等到夏，从夏盼到秋，一等就是小半年。

“这个小兔崽子，怎么到现在才来信？！”曹亮大叔为盼儿子的信，心里边早就油煎火燎的啦！

现在信取在手中，曹亮大叔还一路骂着。但他脸上的喜悦，是无论如何也掩饰不住的。

同样是盼信心切的老伴儿，没等老头子取信进家，就喊来了东巷的四运儿。

四运儿原先和小贵子一个班。眼下，正在山嘴口中学读初三。小村里，一块上学的十几个，能坚持从山坳小学读到山嘴口联中的，就还剩四运儿一个。

“你贵子哥来信啦！”

这话，曹大妈不止说了一遍了。现在信就在四运儿的手中，曹大妈按捺不住内心的喜悦，把话重一遍，又重一遍。

四运儿坐在曹大妈用袖子抹过的板凳上，慢慢打开信，读道——

父母大人：

随信寄去2000元钱，望查收！

曹亮大叔还盼下文，可四运儿把信纸一卷，说：“就这个！”

“就这个？！”曹亮大叔瞪大两眼，显然是有些不相信。

“告诉你后边有钱寄来，这两天，你就注意听广播吧！”四运儿把信上的意思又重复一遍，递过信纸，起身要走。

曹亮大叔拦住他，把信又递过来，说：“你再细看看！”

四运儿说：“就告诉寄钱的事，别的什么都没说。”

“你再细看看！”曹大叔一面说，一面关照老伴：“给四运儿洗几个枣儿，拣大个儿的。”

四运儿受宠若惊！但他还是把信接过来。这一回，他读得格外认真。

忽然，四运儿读不下去了，他愣愣地看着曹大妈。那个刚才还笑逐颜开的女人，这会儿，抄起衣襟，抽抽搭搭地哭开了。

“你！你这是干什么？”

曹大叔喊呼眼前的女人。

哪知，女人自有女人的道理。

曹大妈说：“俺贵子才出去几天呀，就挣来这么多钱，一准是在外面干着牛马样的活儿！”

这一说，曹大叔也有些心酸了。他示意四运儿别念了。

转天黄昏，曹大叔正和老伴在牛棚里铡草，大喇叭里喊去取钱。老两口好像谁也没有听见，仍然一个按铡，一个进草。许久，铡草声没断……

对　手

我们老家那地方，古寺土地庙多，黄鼠狼也多。一到冬天，村子里的鸡呀鸭的，常有被黄鼠狼拖走的事。

瘸老七，就爱逮那个。谁家的鸡鸭夜里被黄鼠狼拖去了，瘸老七总要一瘸一拐地跑去看看。有时，还跟主家商议："要不要逮住这家伙？"

一般的人家，都不愿去多事。

黄鼠狼那小东西有灵性，不是太好对付！我们老家人有句话，叫做"逮不住黄鼠狼惹身骚"，说的就是这个理儿。

可瘸老七不怕那些，他光棍一个，什么都不在乎。

冬日里，他背个粪筐，白天沿着沟边河坡转悠，看到有黄鼠狼走过的痕迹，傍黑就去下夹子，用不到小半夜，就有好看的了，那上了夹子的黄鼠狼，垂死挣扎的时候，一蹦三尺高。

那时刻，瘸老七睬都不睬它，只管蹲在一旁抽他的叶子烟。等它蹦跳得没了力气了，他才过去收拾它。并趁它身上的热乎气还没有散尽，就手把它挂在路边小树杈上，扒下它那张亮闪闪的皮。待集日拿到公社收购站，换个油盐酱醋钱。

黄鼠狼的毛皮，挺值钱。但当年的小黄鼠狼羔子皮，不值什么钱，它的皮太嫩，一上手就破了。越是上年头的黄鼠狼，皮毛越厚越结实。不过，上年头的黄鼠狼太刁，不轻易踩夹子。

瘸老七倒是有些办法。

他发现黄鼠狼的足迹后，并不急着下夹子，而是要掌握它的觅食时间，先在它走过的地方撒上些细沙，看它何时再从细沙上踩过，并分析它连续几天踩过的时间是否相同。一旦找到规律，他就有招儿了。

有一年冬天，瘸老七在后山王家祠堂遇到了对手。

那只黄鼠狼，可真是上了年头了，从头到尾，足有三尺长。

瘸老七第一次发现它，是因为那年下了一场多日不化的大雪。那家伙在王家祠堂的古墓底下，实在是饿急了，才出来觅食。

瘸老七顺着它的足迹，找到王家祠堂。再想找它的洞穴，没了！

那家伙是从一棵古松上下来的。

瘸老七知道这个家伙狡猾，他选在古松旁边雪稀的地方下了夹子。

雪天，黄鼠狼总要到没有雪的地方觅食吃。

半夜里，藏在树丛中的瘸老七，只听到夹子响，没听到那家伙跳。他就猜到坏了！那家伙“踩空剪”了。

这是黄鼠狼常耍的把戏，它发现什么地方可疑，不会轻易去踩，它要叼块小石子或小树枝什么的扔上去试探。

第二天，瘸老七下了连环夹。心想，等它再来试探时，就有它好看的了。

可那家伙，绕过他连环夹不说，还在旁边雪地上撒了一泡黄黄的尿。

这是故意气他瘸老七的。

瘸老七耐住性子，待雪化了以后，他还是用撒细沙的办法，找到了那家伙的洞穴。他在它出口处下了夹子。

这一次，他半夜里听到夹子响后，跑过来一看，夹到的是一只旧鞋子。细看，还是他晾在自家窗台上的鞋子。

乖乖！这家伙找到他家了。

当下，瘸老七有些紧张！待他回家后更紧张，鸡窝里三只鸡，已被咬死两只，且血淋淋地放在他家门前。还有一只小芦花鸡，已吓得躲在树上不敢下来。

瘸老七感觉这东西和他较上劲了。他知道，这种时候，尤其不能怕他！

第二天晚上，他仍然去下夹子。

可半夜里，再听到响动，不是在王家祠堂，而是在他瘸老七的鸡窝里。

原来，瘸老七料到它要来报复，便把那只小芦花鸡绑在鸡窝里边，鸡圈门上装上吊夹，等那黄鼠狼一钻进鸡窝后，吊夹“吧嗒”一声，把鸡圈门堵上了。

这一来，那家伙在鸡圈里蹦跳开了，且放出满院的骚气！

瘸老七没有睬它，门前点上一把火，示意它，看到了吧，等会就让你死在这火中。

这时间，那家伙咬住那鸡一阵阵“嗷嗷”地怪叫，但它并不咬死那只鸡！瘸老七不管它，他一手托着手中的烟袋，一只手往门前那堆火里添着柴火。

等它在鸡圈里不再蹦跳，并且把那鸡踩在它身子底下与他对视时，瘸老七只管挑旺眼前的火焰，看都不看那只黄鼠狼。

这时间，那家伙“哼哼”怪叫起来。

瘸老七知道，那是在向他求饶。

瘸老七仍旧不睬它。

后来，那家伙眼窝里有了泪光，瘸老七知道它已经彻底绝望了。可就在这时候，瘸老七说话了。

瘸老七告诉它：“我就猜到你会来的，果然是来了！”

后面的话，瘸老七没有多说，但瘸老七告诉它：“放你一马！”随即，打开鸡圈门，把那家伙放走了。

当下，那只黄鼠狼闪电一样逃出鸡圈，可它，并没有急着走，而是跳到一旁的猪圈墙上，拧回头，与瘸老七再次对视了一会，才转身离去。

此后，瘸老七再也没见到那只黄鼠狼。

风吹乡间路

六叔找到学校的那天下午，风可大啦！好多教室的门窗都关得严严的。

六叔紧裹着那件穿了不知多少年的灰棉袄，一连推开了好几个教室的门，才找到他家的小顺子。

那时间，小顺子正趴在课桌上，愁眉苦脸地解一道毫无头绪的几何题，没看到门口左右张望的父亲。但班上好多同学都看到了，都不知道他是小顺子的父亲，都认为他是乡下来收废纸、捡破烂的。后来，有人看他老盯着这边张望，便戳了小顺子一下，提醒他："门口是谁？"

小顺子这才知道是父亲来了。

当下，小顺子的脸腾地红了！他觉得父亲穿得太破了。事实上，父亲在家时天天都是这样的。现在，怎么突然觉得父亲穿得太破了呢？小顺子没去深想。小顺子一声没吭地走出教室。走出教室也没跟父亲说话。他想领父亲往一边走走。父亲却不想跟他走。

父亲说："驴还在校门口。"

这时刻，小顺子才知道父亲是来钉驴掌的。

冬天了，山路硬，是该给驴换副新掌。

小顺子说："你和谁来的？"

六叔说："钉副驴掌还要几个，就我一个人。"

小顺子说："驴呢？"

六叔说："拴在校门外的杨树上。"

六叔说拴在校门外杨树上的时候，就想跟儿子一起往校门外走，以便好看着拴在树上的驴。小顺子知道父亲的心思，迎着尖尖的小北风，紧抄着手，一声不吭地跟着父亲往校门口走。

这期间，父亲问了他这个星期带的煎饼还剩几个，咸菜够不够就，还问他学校的开水让不让喝足。

小顺子都说还行。

六叔不满意儿子说的还行。但他又不想深问，他知道儿子内向……他把儿子领到校门外的避风处，抖抖索索地从怀里掏出两块还带着他体温的面饼，递给儿子，说："趁热，你先吃一块，那一块带回去晚上吃。"

小顺子没有马上接。小顺子说："哪来的？你吃了没有？"

六叔脸儿板板的，说："你吃你的！"

小顺子看样子真是有些饿，接过面饼，二话没说，一口咬去大半个角，随即，腮帮子上便鼓出一个圆圆的包。

这时候，六叔让他蹲下吃，细细地嚼，不要吃得太快了，噎着。

小顺子不吭声，左一口、右一口地咬着面饼。

回头，也就是小顺子吃完一块面饼，还拿着一块面饼的时候，六叔拍了拍他背上的土，叮嘱他："回去先喝点开水！"而后，六叔解下树上的驴，回头看儿子一眼，又看一眼，走了。

小顺子站在校门口，呆呆地望着远去的父亲。他不知道父亲早晨出来到现在还是空着肚子。他只看到父亲上路的那一刻，正好有一股小旋风，卷起乡间土道上的尘土，浓烟似的滚来。父亲抬起胳膊挡下眼睛，那股"浓烟"就过去了。

后来，又有旋风刮来。

再后来，小顺子看不见了。父亲走远了……

无言的骡子

冬日黄昏，太阳像个霜打的柿子，软蔫蔫地落下了。可那时辰，万顺大叔正起劲地赶着他的骡子，从村东的水泥制板场又拉来满当当的一车水泥板子，精神抖擞地奔着这边公路来了。他的儿子，一个长出小黑胡子、个头比万顺大叔还要高出一头的大小伙子，这阵子，可能还在为刚才与父亲的争执而不快，他远远地跟在后面，好像前面的车和车上的水泥板子，与他无关。

万顺大叔看儿子那副懒样，不想搭理他。万顺大叔想拉完这一趟，返回来再跑一趟。可儿子不那样想，儿子想拉完这一趟，就收工回家。晚饭后，他和西巷的三华子约好，要去城关找他们的朋友玩。

可万顺大叔不让，说："今晚得把九更家的楼板送齐了。"

儿子说："明天再送不行吗？"

万顺大叔说："明天还有吉庆家的、小套家的等着哩！"

小村腊月，外出打工的人都回来了，好多人家都选这个时候盖新房。万顺大叔为了揽下这送楼板的差事，专门在水泥制板场请了酒席。这阵子正忙得不可开交，他巴不得眼前的骡子能变成一匹马，一匹能多拉快跑的骏马才好哩！可他那个不争气的儿子正好与老子的想法相反。那小兔崽子，从小到大，一天力气活没干过，整天当个宝贝一样疼着他，惯着他，把他惯坏了！而今，干什么都没有长进，见天就知道和三华子伙在一起四处疯玩。

万顺大叔不想跟他啰嗦，套上骡子，如同身边没有那个儿子一样，愤愤然地赶着车，前头走了。儿子看父亲拿他无所谓，他本不想跟父亲走，可也不敢离去，就那么很无奈的样子，跟在父亲后面，如同没事人似的。

眼看，前面就是村路与公路的交叉口。那儿，有一个看似很不起眼的陡坡。但装满水泥板子的骡子车爬上去很不容易，尤其是公路上浇灌了水泥板道以后，明显高于那条横向而来的乡间土道。

好在，万顺大叔的骡子爬过这个陡坡，知道在什么时候加劲，什么时候瞪起眼来爬坡。万顺大叔也相信他这老伙计有那个能耐。但他在骡子加速的那一刻，还是下意识地回头瞥了儿子一眼，想让儿子快点赶过来，在后面用力推一把。看儿子那副酸不拉叽的熊样，万顺大叔气不打一处来！他一咬牙，扬起鞭子，“嘎嘎”两声空响，给了骡子一个爬坡的信号，那骡子立马竖起耳朵，蹄下生风，扬起一片烟尘。万顺大叔在那烟尘中，随之弓下腰，一把拽住驴车左边的护栏，瞪圆了眼睛，与骡子奋力冲向陡坡！

万顺大叔想在儿子面前显显他的能耐！他想正告儿子：你个小兔崽子，少在老子面前耍横，老子没有你来做帮手，照样能把这车水泥板子拉上坡去。往常，儿子不在的时候，万顺大叔与他的骡子确实那样爬过。

可今天，那骡子跟万顺大叔跑了一整天。一天中，每一车的水泥板子都装成小山一般高。这会儿，那骡子可能是体力不支了，万顺大叔抓住护栏的那只胳膊已经帮骡子下足了力气！可那骡子，偏偏在前蹄踏上公路的一刹那，打了一个前踢，就听“咔嚓”一声脆响，双膝跪地了。随之，车上的水泥板子往前一倾，当即把骡子压趴在地上了。

万顺大叔扬起鞭子，想让骡子站起来，快站起来！万顺大叔猛抽了骡子一鞭，声嘶力竭地大声高喊：“驾，驾！”

走在后面的儿子，看到前面发生了意外，一个箭步蹿上来，跳到车子的尾部，想以他人体的重量，来平衡骡子背上的压力，企图帮父亲，或者说是帮骡子重新站起来。

父亲看到儿子的举动，心中虽有些暖意，可他仍旧面无表情。但接下来，父子俩配合得十分默契，就在儿子纵身跳上水泥板车的一刹那，万顺大叔“叭”地一声鞭响，正抽在骡子的脖子上，给了骡子一个死命令，让它站起来！

骡子极有灵性，随之划动四蹄，想站起来，但它并没能站起来。

这期间，万顺大叔又是重重一鞭，这一鞭，狠狠地抽在骡子的耳根部，这对于骡子来说，是无情的抽打，是凄惨的抽打！与此同时，就看那骡子瞪直了眼睛，从肚皮底下伸出一条后腿，划动了一下，没有找到支撑点，但它的两条前腿却神奇般地支撑起来，随之另一条后腿也颤悠悠地支撑住了。可就在万顺大叔拽紧了缰绳，强迫骡子往前迈步时，就又听"扑通"一声响，骡子再次重重地倒下了。

万顺大叔扬起鞭子，还想抽打它，只见那骡子脖子一软，鼻孔里呼出长长的两团热气，两行浑浊的泪水，如同两条蠕动的蚯蚓一样，顺着眼窝的黑线，汩汩流下来——那骡子的一条后腿，被顺势而下的水泥板子给折断了。但骡子无言，无法诉说它的腿断了，辜负了主人的期望，它在主人的鞭打下，深深地把头戳在地上了。

这时候，儿子从后面过来，想看看前头的骡子到底发生了什么。没料到，此刻，正蹲在地上与骡子"对话"的万顺大叔，抹一把骡子的热泪，莫名其妙地扬起鞭子，冲着儿子，劈头盖脸，"噼叭噼叭"地打来……

拔 牙

福来老爹蹲在门旁“呸呸”乱吐的时候，女人就知道他又在抠牙，头都没抬一抬，只管埋头坐在门口那方斜斜的晨光里，拣簸箕里的米。

米是新米，原本是不用拣的。可福来老爹家的水稻入夏后没施足化肥，碾出来的米里，有不少瘪谷。

一群鸡，高昂着脖子，探头探脑地盯着女人簸箕里“哗哗”乱响的米，眼馋得咕咕怪叫。

女人“虚虚”地喊呼。

那鸡们“扑棱扑棱”闪开。

但鸡们很快又围拢过来。有几只胆小的鸡不敢靠前，便围在福来老爹这边，寻找他吐在地上的口水吃。

福来老爹呢，两根指头，斜插进高昂起的口中，似乎是找到了那颗坏牙，想用力拔下来。但不敢用劲，太疼！

“呸！”

福来老爹看到他吐出的口水中，略带丝丝血迹，知道什么地方又被他抠破了。尽管是抠破了，可他还是想抠。还是想把那颗坏牙拽掉！

福来老爹想，不管怎样，那颗牙还是拔掉好，即使疼痛，也就是一阵子。否则，整天不敢嚼硬东西，那滋味，更难受。

前些日子，为那颗坏牙，女人鼓动他专门到乡里卫生院去了一趟。福来老爹花了五毛钱挂了一个号，原认为可以拔牙了，等人家开出方子，让他去交二十块钱押金再来拔牙时，他思谋了半天，把那方子揉了揉，扔了。福来老爹心想，有二十块钱，留着开春时买包化肥追在麦田里多好。

回走的路上，福来老爹心里直犯嘀咕，什么事呀？拔一颗牙要那么多钱！

福来老爹想忍过去算了，没想到，这两天那颗坏牙又发炎了，可能是被他天天没事时抠的，夜里疼得他翻来覆去睡不好觉。

女人让他再去卫生院。

女人说："牙疼虽不是个病，可疼起来要人命！这都应了古语的，你还是花几个钱去拔了吧。"

福来老爹不去。

福来老爹嘴上说，他怕拔牙时那些钳子、刀子。其实，他还是舍不得花那二十块钱。

福来老爹想，不就是拔个牙吗？拔就是了，还能怎样疼！乡下人，娇贵个屁哟，什么苦头没吃过，还在乎牙疼这点小事情？可他没想到，真要动手拔牙时，那牙怎么钻心窝子一样疼！

福来老爹琢磨，可能是手指头太滑了，用不上劲。他想，是不是该找根细线绳拽住那牙。于是，福来老爹就手从檐下的辣椒串上，拽下一根细麻线，理直了在舌尖上湿湿，便打一个拴牛扣，用指尖挑着伸进口中，三扣两扣，还真让他把那颗坏牙给套住了。刚一用力拽，不行，疼得受不了！连试了几次，还是太疼。末了，他只好把线绳又松开。

这可怎么办？

再想解下那线绳，还没法下手哩。

"他娘的，一不做，二不休，拔！"福来老爹又痛下决心，要拔下那牙。

接下来，福来老爹高昂着脸，紧扯住那线绳，不断地用力拽！可说不清是手随头动，还是头跟手移，总之，头抬起来，手也跟上来，手拽下去，头也跟着垂下去……折腾了好长一阵子，那牙，还是没有拔下来。

福来老爹急出了一头热汗。

福来老爹反复变换着线绳的用力角度，以至后来扯紧了线绳不再松开。可那牙，就是拔不下来！

恰在这时，女人簸箕里的米拣好了。随着一声"虚虚"，女人端着拣好的米站起身。一时间，惊得跟前的鸡们，四处逃窜。其中，有只鸡正冲着福来老爹这边飞来，眼看就要落到福来老爹的脸上，福来老爹本能地一抬胳膊拦挡。还好，鸡是挡到一边了，可那拽牙的麻线绳呢？

仔细寻找，福来老爹发现那线绳上，正系着他那颗黄乎乎的坏牙，绊在鸡腿上，一摇一摇。

福来老爹乐了。心想，幸亏没听女人的话。这不，眨眼的工夫，二十块钱就省下了！

吹鼓手

小村腊月，街口唯一一家肉摊前，围了好多闲站的人，他们眼睁睁地看着哪家割的过年肉多哩！

村东，来了两位衣着打扮很像是城里人的一老一少。进村，打听吹鼓手的唐家祠家住在哪儿。

小村里人都拿异样的眼光打量他们。年纪稍大的那一位，有四十几岁，圈嘴胡，黑乎乎的方脸膛，很像是电影里的坏人。与他同来的那个年轻人，瘦高个儿，十七八岁的样子，背一个那个年代很流行的黄帆布的书包，手里还拿一个"一拉开"的绿皮夹儿，他主动问："唐家祠家住哪里？"

唐家祠是吹唢呐的。唐家，几代人都是给办丧事的人家吹吹打打。小村里人统称他们为吹鼓手。

一群孩子前头引路，欢欢呼呼地跑到街口肉摊那儿，大人们听说是到唐家祠家的，都拿羡慕的眼光打量那两位城里人，这期间，还有人虚叹一声，说："哟，这阵子，唐家祠只怕是不在家呀！"

秋天，公社搞文艺汇演，唐家祠以一曲《百鸟朝凤》的唢呐独奏，被县剧团看中，铺盖卷儿一卷，调到县剧团专门吹唢呐了。

这在那个吃饭穿衣都很困难的年代，无疑是送给他唐家祠一个铁饭碗。也就在那以后的二十多天里，唐家的日子发生了很大的变化。先是西村刘铁匠家的三女儿嫁给他唐家祠做了媳妇，再就是他二弟被安排在大队部当了民兵。

现在，县上又来人了，没准要把唐家祠的户口给弄到城里去哩！一帮孩子

“呼呼啦啦”地跑在前头，还没等那两个城里人迈进唐家大门，唐家祠新婚不久的媳妇，就打着眼罩迎出大门外了。

孩子们一齐指给那两个城里人，说她就是唐家祠的新媳妇。新媳妇看是城里来人，猜是和丈夫熟悉，话没说两句，脸就红了。

“大胡子”自我介绍，说：“我们都是唐家祠的同事，今晚要到连山湾公社去演出。”还说他俩是打前站的，路过这儿，顺便把家祠前天带来的一条毛裤捎回去。

家祠媳妇轻“噢”了一声，说：“没见他带什么毛裤来。”但她答应帮助找找看。家祠媳妇说：“他前天夜里回来时，看他带个圆鼓鼓的黄书包，还不知他带走没带走哩。”

“大胡子”一口咬定，说：“没带走。”还说家祠说他把那毛裤忘在家里了，专门让他们拐过来帮他带上的。

家祠媳妇这就去屋里翻箱倒柜地找，还别说，真让她找到了。那两个城里人，拿到毛裤后，连水都没喝，起身告辞了。

当晚，公社武装部来人，让村里派民兵去县里把唐家祠带回来。说唐家祠这个坏家伙，在县剧团排练节目时，看女演员把衣服脱在一边，他竟敢偷回一条女式毛裤，想给他的新媳妇。

第二天傍黑，家家户户正做晚饭，唐家祠被村里的民兵带回来，可能是因为他二弟在民兵里头说了话，进村时没给他五花大绑。但就那么由两个民兵押着，让他耷拉着脑袋，从当街的老少爷们跟前走过，那场面，挺难堪。

这以后的很多天里，唐家祠没脸出来见人。春节的时候，相互拜年、串门儿，平日里和家祠要好的几个年轻人，相聚在一起，一同去看家祠，这才知道家祠两口子年前已去了东北。

转眼，二十多年过去了。家祠，包括家祠媳妇，始终都没有回来过。

小村里，很多人都很想他们。

他们，肯定也想村里人。

唱 门

在乡下，哪家大门口一响起竹板或三弦声，那准是唱门讨饭的来了。

他们中，有一家老小，吹、拉、弹、唱、扭，一起上的，有两人搭档，一弹一唱，对面扭着唱的，也有一个人自弹自唱自己扭的。

他们都是外乡人，都不愿说出自己真实的家乡在哪里，怕给老家人丢脸面。可给过他们地瓜干或煎饼头的婶子、大娘们，看他们老老少少穷得可怜，总要问上一句：

"你们是哪地方人？"

对方明明是一口山东口音，回答却是："河南的。"

"河南什么地方？"

对方无话。

显然是诌不出详细的地方。婶子、大娘们也不怪罪他们，知道他们不会说真话，只不过逗逗他们罢了。

但唱门的人，也有唱门人的规矩。不管他们是哪地方来的，都不进人家的院子，只推开大门一道窄窄的缝。这样，一来是出于礼貌自拘，一个穷要饭的，怎么好堂而皇之地走进主家的院里、屋里呢？二来，大凡是唱门的，身后都跟着一大帮爱听唱的，尤其是女人和孩子，能从庄东头，跟到庄西头，怎么好领着一帮子人，进人家院子呢？所以，往往是唱门的还没赶到哪家，孩子们已前去把那家的大门拉开了。

开场白，大都是这样一段道白：

这两年，俺没来

听说大嫂发了财

大嫂发财俺沾光

大嫂吃肉俺喝汤

……

随后，胡琴或三弦的过门一响，就唱上了。所唱的歌词很多，有《十八相送》、《小上坟》、《走西口》……有时，也唱流行歌曲。

至于唱什么最受欢迎，这取决于主家的喜欢。有时，门口正唱着《兄妹开荒》，主家拿着几片地瓜干子出来，喊呼一声：“来段有味的！”

这就得来“有味”的。不过，这种时候，往往是讨价还价的良机。

对方问你：“唱什么？”

主家说：“来段《跳花墙》。”

对方瞅瞅主家手里有数的那几片地瓜干，装作委屈状，说：“《跳花墙》太长了，你手里的地瓜干能不能再添几片？”

回答往往是：“行！你先唱吧……”

记得有一年冬天，一个小北风不大的午后。村西头田寡妇门口留了一个唱门的。附近正在沟里抬淤泥的社员都扔下扁担、抬筐，跑来听唱。

我那时候有七八岁，从大人们的胳膊底下挤进去，才知道是个瞎子来唱门的。新奇的是，不是瞎子一个人唱，而是田寡妇跟瞎子对唱。田寡妇平时就很喜欢唱歌。

瞎子和田寡妇分别坐在对面的长条凳上。中间的空地上，放着半小篮地瓜干和煎饼头，那都是坐在前边的婶子、大娘们凑给瞎子的。这会儿瞎子挂一脸的微笑，手持高高的三弦，等田寡妇发话。

田寡妇可好，不知谁找了个花手巾顶在她头上，很是滑稽的样子，坐在瞎子对面。一圈人都嘻嘻哈哈地看着他们俩。

田寡妇呢，看人到得差不多了，很是平静地对瞎子说：“开始吧。”

瞎子三弦一响，领唱道：“手扶栏杆，苦叹一声，亲爹爹做事实在不聪明哪……”

田寡妇接唱：“手扶拦杆，苦叹二声，可恨亲娘实在不疼人哪……”

瞎子唱。

田寡妇再唱。

唱着唱着，田寡妇的眼窝里闪动出晶莹的泪花。

唱着唱着，瞎子眼窝里好像也有了泪花。

唱着唱着，在场的人，尤其是坐在前边的婶子、大娘们，个个都跟着抹起了泪水……

跑 电

县供电局的老顾被抽调到后山村去扶贫。村支书老胡为他收拾住房。老顾提着行李站在门口，看村支书黑咕隆咚地在屋里瞎摸腾，他便单手提行李，走近门里，去门后摸灯绳。摸了半天也没找到开关，老顾便问："开关呢？"

村支书老胡没有吱声。

老顾说："这屋里没接电灯？"

老胡仍旧没有吱声。

回头，等村支书老胡把屋里乱放的破旧锣鼓、发了黑的红旗什么的，一股脑儿地堆到墙角，拍打着衣袖迎面出来时，老顾又说："这屋里怎么没接电灯？"

胡支书笑着说："这事情，就靠你啦！"

老顾愕然！顿时想起来，后山村至今还没有架上高压电。

当天晚上，村支书老胡领老顾到家中喝酒。喝到差不多的时候，老胡又说起架电的事。老顾趁着酒劲，竟然忘了自己在县供电局混了几十年，至今还不官不长，拍着胸脯作保证，说："这件事，包在我老顾的身上啦！"

胡支书嘴上说："那可真是太感谢你啦！"可他心里有数，深知这架电的事，不是哪个人一两句话能办成的。原因是后山村太偏僻，加上人口又少，好多乡里、县里的领导，翻山越岭地来看过，都表示同意，但都没有把村里的用电问题给解决了。

胡支书故意套老顾的话说："你只管牵线搭桥，具体出多少钱，我们村里再想办法。"其实，村里若是能拿出这笔钱，又何苦等他老顾来。

县供电局来蹲点的老顾呢，还真认起真来，几次回县城，家门未入，先去找科长、局长、县长。尽管没跑出个啥名堂，可他跑来了胡支书和后山村人的满腔希望。

胡支书看老顾是供电局的，听他说有希望，就认为有希望。见天揣瓶“汤沟”酒，或用草纸包些油炸花生米、猪耳朵干什么的，来找老顾喝两盅。隔三差五还派人送去鸡蛋、小青菜，供老顾熬汤吃煎饼。十天半月，考虑到老顾要回县城家里时，胡支书还千方百计地为他准备点鸡呀鸭的山货带上。

这一来，老顾思想上有了压力。

老顾再回县里时，干脆把村里给他的东西直接带到科长、局长、县长家去说架电的事。可说来说去，效果并不是太明显。

老顾耐不住了，有几次回县城时，在局长、县长家里缠到深更半夜，就差没被人家往外撵了，可架电的事，始终没有着落。期间，那难堪的滋味，能对谁讲？只有他老顾一个人知道。可老顾一旦回到后山村，总是说：“有希望。”

转眼，小半年过去了。老顾为期六个月的扶贫工作就要结束了。可架电的事，还是没跑出半点眉目。

这天傍晚，村支书老胡，又揣两兜子鸡蛋来了。老顾却怎么也不肯再收下，反而拿出几百块钱要交给胡支书。

老顾说：“这小半年，我吃了你们不少山货！”言外之意，他想付村里的山货钱。

胡支书哪能收呢？两个人如同打架一样，你给我推，推让到最后，老顾终于说：“这架电的事，怕是没有指望了！”

说这话的时候，老顾自个先把脸别向一边了。

胡支书站在一旁，愣愣地看着眼前的老顾，好半天，一句话没讲。末了，胡支书木木唧唧地摸出烟卷，自个儿点一支，竟忘了扔一支给眼前的老顾。

转天，老顾离开后山村的时候，胡支书没来送他，后山村里好些人都没来送他，老顾独自扛着行李卷，悄无声息地离去了。

送 鱼

秋天，乡下正忙着刨花生、收果子的时候，大哥突然来市里找我。没说有什么事情，进门把一篮子花生和几条鲢鱼放下，埋头坐在沙发上闷头抽烟，半天一句话不讲。

我和我爱人看大哥情绪不对，试探着问他家里出了什么事。我的父母早逝，大哥是我乡下唯一的亲人。平时，他很少进城来。

大哥抬头苦笑了一下，说："哥被改穷给耍了。"

改穷是我小学同学。这些年，跟我关系还是不错的。但我不知道他和我哥之间发生了什么事。

哥说，开春时，他和改穷合伙包下了村前的小水坝，计划养些鱼，年底捞出来卖。没想到改穷那小子看水坝里的鱼一天天长了，想一个人独吞，他串通好当村长的姐夫，把大哥给"晾"在一边了。

哥说，小水坝里的鱼，都是他平时撒网时逮的小鱼秧子放在里面的。眼下，个个都有斤把重。

大哥是逮鱼的能手。他家里有七八条亮闪闪的挂丝网，还有两把手撒网。村东的小河与盐河相接的河汊子里，经常能看到大哥背个鱼篓在那里撒网捉鱼的情景。

大哥平时在镇化肥厂上班，有一份固定的收入，又跟村里要了几亩农田。上班时，自行车后面驮个大鱼篓，里面装着鱼网、皮裤和捞鱼的勺子。下班途中，看到沟坎河汊子里有鱼花翻动，就停下车子，蹬上皮裤，下到水里弄两网，捉到鱼虾，少了带回家自己吃，多了就手卖给路边的小饭店。应该说，大哥一个人的收入，能赶上我们两口子在城里的工资，挺不错的。

但大哥不满足现状，整天琢磨着赚钱、赚大钱！他每回逮鱼时捉到一些小鱼秧子没法处置时，就想到村前的小水坝。那是一汪长满蒲草的肥水塘，一年四季不枯水。大哥想把捉到的小鱼小虾放在里面养着，养到秋后或年根鱼虾长大了，再捞上来卖大钱。但大哥还要上班，他没有时间天天守在水塘边。同时，还担心水坝里鱼虾养大了村里人会红眼。思来想去，大哥找到村前的改穷，他家住在水坝边，又是村长的小舅子，很牛皮了！没人敢惹他。大哥拉他入伙，可是动了一番脑筋的。

酒桌上，大哥跟改穷碰杯时，说："我不要你投资一分钱，只要你能把小水坝里的鱼看好了，年底捞鱼时，咱俩一人一半。"

改穷被大哥二两小酒一"烧"，更加牛皮了！酒杯往桌上一顿，拍着胸脯，说："只要我往小水坝里插上一块牌子，标明水塘里有我们养的鱼，看谁还敢动一个鱼秧子！"

改穷说的"我们"，显然是指他和我大哥两个人。

可事情刚过去小半年，改穷看到水坝里的鱼长大了，想吃独食，跟大哥耍起无赖！托人给大哥捎过话来，说他和村里签了正式合同，小水坝被他一个人承包了，没有大哥什么事了。

大哥一听，非常生气！但他又不想和改穷那种人去理论，他憋着一肚子火，进城来找我，想让我在市里找找关系，压压改穷和他姐夫的牛皮。大哥说："不为那口馒头，为那口气！"

我问大哥："当初，你和改穷包水坝时，订没订合同？"

大哥说："口头上说说，没当个事情，谁寻思改穷那小子，仗着他姐夫当村长，欺负人！"

我宽慰大哥说："算了，全当当初没有那回事。"

我做大哥的工作，说我们都是出来工作的人，别跟村里人计较那些一星半点的蝇头小利。

大哥半天冒出一句，说："这事情不怪改穷，问题全出在三更身上。"

三更就是改穷的姐夫。

大哥的意思是，让我在上面说句话，把三更的村长给掳掉，省得他在村里牛皮哄哄的。

我跟大哥说，三更对我们还是不错的。我提醒大哥，当初村里批给他的那几亩水田，就是三更一手操办的。

大哥可能也想到这一层，半天不吱声了。接下来，我又跟大哥说了三更对我们兄弟的一些好处，大哥慢慢把头低下了。中午，我陪大哥喝了几杯酒。下午，就送他回去了。

这以后，村里有人进城办事时，到我这里喝杯茶、歇歇脚，提到改穷跟我哥承包小水坝的事，都说改穷心眼子歪着，都说我在城里，应该找找人帮乡下大哥说句话。

我听了，笑笑，也就过去了。

当年春节，我回乡过年，正赶上改穷起鱼。

晚上，我和大哥正在家里喝酒，改穷挑着两大筐白花花的鱼来了。说是看我回家过年了，送些鱼给我吃个新鲜！可我和大哥心里都有数。那些鱼，或许正是大哥应得的那一份。

村路一里长

早晨的时间，对于城里上班族的小家庭来说，可谓争分夺秒！热被窝里，生拉硬拽地哄孩子起床，慌慌忙忙地去卫生间、刷牙、洗脸，“叮叮当当”地在厨房里做早点。随后，还要踩着点儿赶车、送孩子入托，等等，一连串的事儿，都要赶在那短暂的晨光里来完成。我乡下大哥家给我打电话，恰恰就选在那个时间，原因是在那个时间段里，我们两口子都在家，好找。

“二叔，你不回来吗？”腊月初八一大早，我小侄子闷闷唧唧的，上来就给我来了这么一句。

刹那间，我被弄蒙了！不知道老家又发生了什么事儿。我闪烁其辞地轻“哦”了一声。电话那端，小侄子干净利落地告诉我：“我是来运哟，今天，我认亲。”

“啊——”我猛一愣怔，又惊又喜地问道：“你找媳妇啦？”

来运说：“噢！”

我说：“好呀，哪庄的？干什么的？个子有多高？……”我迫不及待地一连问了好几个问题，来运尚未回答，电话被大哥接过去，大哥说：“他二叔吧，今天家里很热闹，请了有四五桌，来运他丈人那边的亲戚也过来。你上午早点回来吧！”

大哥那语气，义不容辞！好像我在城里上班不上班，并不重要。小侄子认亲，我当叔的，理应到场。妻子旁边听到我们通话的内容，一脸坏笑地看着我，说：“快回去吧，乡下的大哥就指望你这个城里的二弟给他装门面啦！”

我知道妻子那是嘲讽我！这些年，我大学毕业，在城里也没混出个啥名堂。

虽说做个不起眼的芝麻官，可我连妻子想调换个不上夜班的工作，都没有能力办到。但是，在乡下大哥看来，我这个二弟，时不时地还能坐着轿车回去，那是很了不起的事了。

大哥说："上午，你早点回来吧！"

我真的就按大哥的意思做了。上班后，简单地处理一下手头的事情，接连打了几个电话，总算联系到一辆车子，匆匆忙忙地就奔乡下赶。

我工作的小城，到我乡下的老家，一百多里路。高速路上，跑得快，问题是，轿车下了"高速"，拐进我们村口时，遇到麻烦了！当天，恰好我们村里逢集。长长的一条小街两侧，如同锅边上贴饼子一样，摆满了各式各样的地摊儿。我哥家住在村西头，车子要从村东头穿街而行。

刚开始，村路两边是卖羊、卖鱼网、卖农具的，且散散落落。司机没当回事，减速后，摇下车窗，慢慢往前走。我坐在后排座位上，心想，慢点就慢点吧，反正时间还早，赶到我哥家吃午饭就行了。可车子往前走了不多远，就被前后的人流堵住了。

司机鸣喇叭，想让人家给他闪条道，可前面地摊上看货、论价的村民们，站在那儿，如同无事人一样，理都不理！无奈之下，我也摇下车窗，帮司机看着另一边的车轱辘，别压了地摊上的生姜、大蒜什么的。我提醒司机说，这是我的家乡，让他不要有过激的行为。也就在那同时，我看到了我的小学老师杜一功，他拎着一捆葱，从我的车前走过，他好像没看见我，我也装作没看见他。接下来，是我近门的一个嫂子，看到车窗里的我，笑嘻嘻地跑过来，问我："回来喝喜酒的？"看样子，大哥家小侄今日认亲的事，村里好多人家都知道。

一时间，我坐在轿车里，如坐针毡一样不自在。因为，车窗外好多乡邻都在看着我，不少人还是我的长辈！我怎么好人模狗样地再坐在车里呢？我跟司机说："你停下车，让我下来自己走，你慢慢往前开吧！"

那时间，下车步行，确实比坐在轿车里走得快。等我步行到大哥家，轿车还远远地淹没在我身后涌动的人流中。我指给大哥，那儿，那是我带来的车子。我哥望了一眼，回头冲院子里喊一声："来运，去看看你叔的车子过来了，别让他们给碰着了。"随后，大哥向我挥一下手，说："进屋喝水吧，让他慢慢开。"

回头，我和大哥、近门的叔叔、大爷，以及小侄他丈人那边的亲戚都坐下喝酒了，司机才好不容易把车子开过来。

司机不关心我侄子认亲的事，他担心集上那么难走，等会儿，车子可怎么再开出去呀！

我哥说："没事，乡下小集，吃过午饭，自动就散了。"

果然，我们在屋里吃顿饭的工夫，小村的集市，人去街空了。

午后，回城时，我妹妹搭我的车子。她在附近的一个镇上工作，中午吃饭的时候，镇上的车子把她送到村口，她让车子回去了。

这会儿，妹妹跟我的车子走，我说："上午来时，正好赶上逢集，车子差点没进来！"

妹妹半天无语，末了，她轻叹一声，说："哎，大哥也是的，每次让我们来，总是选个逢集的日子……"后面的话，妹妹没有细说，我自然明白了。

车内，一阵沉默。

随后，车子左摇右晃地开出里把长的村路后，拐了一个弯，又拐了一弯，奔向了高速公路。

踩金子

盐河入海口，原是一片一眼望不到边际的盐碱滩，海风吹来，白茫茫的盐硝，平地而起，如云似雾，狂奔乱舞，遮天蔽日。

有位异乡来的商人，后人称他大盐东，偏偏看中了那片不毛之地。他满怀信心地领来大批穷汉子，在此搭茅屋、支“地笼”，就地整盐田、修盐道、开挖通向大海深处的盐河码头。

起初，跟着东家一起来的少奶奶，受不了盐区那水咸土碱之苦，整日鼓着嘴，要回城里去。

东家不依。东家知道女人是盐河口那些穷汉子们眼中的靓丽风景！留住女人，就等于留住那些异乡来的汉子。他需要他们在此下苦力。

东家认准了那片盐碱滩上能淌金流银。他倾其血本，给那些泥里、水里、盐河套里挖大泥的盐工们吃小麦子煎饼、喝大碗的鸡蛋汤，每天给下海滩的盐工发六个铜板，见天还给他们每人发一双崭新的茅草鞋。

清晨，东家通过所发放的草鞋数，知道当天有多少盐工下海滩。以此，估算出当天需要多少张小麦子煎饼，多少碗鸡蛋汤。而那些异乡来的穷汉子们，惜草如金！看到东家当天发给他们的草鞋尚未穿破便要回收，有些舍不得，窝藏起来，谎说草鞋丢了，领来新鞋，拿去酒馆里换酒喝。

很快，东家发现了盐工们私藏草鞋的秘密，便立下规矩：谁不把当天穿过的草鞋交上来，扣罚当天的伙食。这样一来，那些原本就吃不饱肚子的穷汉子，不得不把穿过的草鞋乖乖地交上来。

东家把收上来的旧草鞋堆在一块空旷而平整的盐碱滩上，多不过三日，就会选一个适当的时机，悄悄烧掉！

东家的这一举动，盐工们并没有在意。大伙都忙着挖大泥、挣铜钱，谁去关心那些穿过的旧草鞋呢。

忽一日，有位盐工夜间起来撒尿，看到东家和少奶奶，一前一后地打着灯笼走近那堆旧草鞋。只见东家划亮火柴，四下里张望一番，随后将那堆旧草鞋点燃了。少奶奶珠光宝气地站在一边，看着东家把那火苗燃旺，然后，猫下腰，仔仔细细地拨弄起地上的火灰。

那位盐工很纳闷，心想：东家这是干什么呢？等他看到东家从草灰里拣出一粒闪光的小颗粒，递给少奶奶时，那盐工恍然大悟：东家拣到的，是一粒金子，或是一粒天然的金砂石。

常言道：沙里淘金！这波涛汹涌的黄海岸，被海浪冲刷了几千年、几万年，没准他东家早就发现这一代海域的泥质里有金子。他让盐工们每天脱下穿过的旧草鞋，换上新草鞋，目的是让大伙把海泥中的金子给他带回来。这可真是一本万利呀！

此事，当天夜里就在盐工中传开。

第二天，盐工们再穿着东家发给的新草鞋下海滩，头半晌就有人私下里把草鞋拆散，寻找金子。傍晚收工时，好多人都把鞋底翻过来看个究竟。有人干脆学着东家的做法，在收工回来的途中，架起柴火，把自己的草鞋烧掉。

这一来，东家制裁丢草鞋的办法更加严厉了！凡是当天不把草鞋交上来的盐工，罚去当日的工钱，并扣除当天的伙食。

尽管如此，仍然有人为找到金子，宁愿饿肚子、扣工钱，也要去鞋里找金子。其间，确实有人在草鞋里找到过金子。

事已至此，东家已无法否认那片海滩里有金子。但他对踩到金子的盐工，提出四六分成。原因是，那片海滩，是他东家花了银子买下的。但盐工们每日下海滩的工钱，就此降低了。道理是那片海滩上，有金子可寻！

说来也怪，东家对盐工们如此苛刻，先期而来的老盐工，为寻得金子，还是舍不得离去；而那些闻金而来的异乡汉子们，一传十，十传百，纷至沓来，使东家的盐场，气吹的一样，迅速发展壮大起来。

不久，那片盐碱地里晒出了白花花的海盐。

可此时的东家，忽而抛开手中流金淌银的盐田，做起了甩手掌柜。他将盐河口那上百顷盐田，转租给当地一些小盐商，他本人只管坐收渔利。

这一来，少奶奶不干了，她惦记着盐滩里有金子，提醒东家，说："咱们的海滩上，不是有金子吗，怎么能这样白白地租给人家？"

东家没好气地说："你知道个屁！"

东家本想告诉少奶奶，海滩上的金子，都是他私下里设的套儿。但那话已到嘴边了，他又咽回去了。东家考虑再三：女人家，头发长，见识短，有些事，还是让她少知道为好。

闯码头

码头上混事，称之闯码头。

这一个“闯”字，了得！透出了多少人的艰辛与苦难，洒下了多少人的汗水与血泪。

盐河口日趋繁荣之后，云集来三教九流的人物，能在此地混饭吃的主儿，个个都是硬汉子！全凭着拿人的手艺和过硬的本领。扛大包的，比的是力气，别人扛一个大包，还摇摇晃晃，你能一肩扛两个大包，而且是稳稳当当地踏上艞板，你就是爷，打人前一站，脑门亮堂，说话响亮。耍花船、逛窑子的公子哥，玩的是心跳，出手是大把大把的银子，你有吗？掏不出银子来，别来这盐区凑热闹，一边晒太阳捉虱子玩球去。做小买卖的，如吹糖人、玩大顶、耍花枪、修铁壶、锔大缸的手艺人，讲的是手上的功夫，吃的是手上的绝活。玩得好，耍得开，显能耐！码头上人给你喝彩、鼓掌，称你师傅，叫你掌柜的，喊你爷，请你下馆子，吃“八大碗”。玩不好，掀了你的摊子，逼你下跪喊祖宗，让你灰溜溜地卷着铺盖走人，永远也别想再来盐区混事儿。

这就叫闯码头，有本事的，来吧！

今日说的这位，是盐河口锔盆锔锅的匠人——宋侉子。

南蛮北侉子，一听这称呼，你就猜到，那宋侉子，不是原汁原味的盐区人。山东日照胶州湾那一带过来混穷的一对师徒，师傅自然姓宋，大名没人知道。倒是他那小徒弟刘全的名字好记，很快叫响了。

师徒两人，打盐河上游划着小船来到盐区，选在码头上繁华的地段儿挂起招牌，专做锔缸、箍盆、砸铁壶的买卖。看似小本生意，玩的可是手艺活，任你拿来什么样的破锅、乱缸、旧盆，或是滚珠、玉坠、金钗、银镯等细巧的活儿，师徒两人一上手，几个铜箍、银扒子打上去，好锅、好缸、好物件儿一样，让你喜滋滋地拿回去，再用坏了，决不会是他们下过扒子，打过箍子的老地方，一准是你当作好锅、好盆一样跌打，又出了新毛病。

手艺人吃的是手艺饭，其本领，全在手上。用坏了的锅、盆、碗、壶，到了他们手上，转眼能变成新的一样，可你拿回去，用不了多久，你还要来找他们。行内话，这叫拿手活，其中的窍门，行内人不说，行外人不懂。

比如，锔好的锅盆，没用两天，又跌出毛病，看似主家使用不当，可真正的病根，还在他们手艺人的手上。破锅上，一道裂缝下来，给你横着下几道扒子，偏不在裂缝的顶尖处下细工夫。当时看，锅是锔好了，滴水不漏，好锅一样，当你拿回去当好锅一样使用时，稍不留意，碰着了，跌打了，其裂缝继续向前延伸，又坏了！你能怪人家没给你修好吗？不能。这其中的门道儿，行内人一看就知道，行外人再看也不明白。这就是手艺人的能耐。

宋侉子领着他的徒弟刘全，在盐河码头上专事这补锅、箍缸的生意，却出了大名，来往船上用坏了的破缸、旧盆，千里迢迢地也要带回来找他们。盐区，大户人家的花盆、鸟罐、铜盆、瓦缸，以及他们娇妻、美太太、大小姐戴的耳环、银镯子之类出了毛病，也都来找宋侉子。

宋侉子，五十多岁一个小老头，两手粗糙得如同枯树根儿，可做起活来却十分精巧。蒜头大的鸟罐上，他能开槽下箍子，也能钻出蜈蚣一样的细小的条纹，豆粒大的珠宝中，他能打出针尖一样细小的眼儿，也能给镶上活灵活现的金枝玉叶。

这一天，大盐东吴三才家的三姨太派人来请宋侉子，说是有一件细巧的活，要当面说给宋侉子。

宋侉子打发刘全去把活儿接过来。

刘全呢，去了，很快又回来，告诉师傅，说："师傅，非你去不行。"

宋侉子一听，遇上大买卖了，搁下手头的活，喜滋滋地去了。回头来，同样跟刘全一样，两手空空的耷拉着脑袋回来了。怎么的？那活，宋侉子也接不了。

三姨太把大东家一把拳头大的紫砂壶跌了三半，想完好如初，不让大东家看出丝毫的破绽来。因为，那把茶壶是已故的二姨太生前留给大东家的。这些年，大东家爱如珍物，每日用来沏茶，里面的茶山，已长成了云团状。按三姨太的说法，要箍好那把壶，外面不许打扒子，里面还不能破坏了茶山。这活，宋侉子没能耐接。

三姨太不高兴喽！当晚，派管家登门，一手托着那把破茶壶，一手拎着一大包"哗铃铃"响的钢洋，身后跟着几个横眉冷眼的家丁。那架势无需多言，这壶，你宋侉子用功夫修吧。至于，洋钱吗，要多少、给你多少。倘若修不好这把壶，身后这几位家丁可是饶不了你！

当夜，师徒两人，谁也没有合眼。

第二天，宋侉子正想卷了铺盖一走了之，可他那小徒弟刘全，却不声不响地想出招数来，他和好一团不软不硬的海泥，给那把长满茶山的壶做了个内胆。而后，内胆上挖槽，壶的内壁打眼，熬出银汁，自"内槽"中浇灌，等银汁冷却，固定住壶的原样后，再一点一点掏出壶内的泥胆，完好如初地修好了那把壶。

宋侉子一看，徒弟这能耐，可以在码头上混事了。相比而言，他这做师傅的反倒矮了徒弟半截儿。

隔日，宋侉子找了个理由，说是回趟山东老家看看。这一去，宋侉子就再也没回盐区来。但盐区宋侉子开的那家锔匠铺仍旧开着。只是主人不再姓宋，而是姓刘。

至今，盐区的宋家锔匠铺，仍旧是刘姓人开着。

不信，你来看看！

威 风

东家做盐的生意。

东家不问盐的事。

十里盐场，上百顷白花花的盐滩，全都是他的大管家陈三和他的三姨太掌管着。

东家好赌，常到几十里外的镇上去赌。

那里，有赌局，有戏院，还有东家常年买断的一套沿河、临街的青砖灰瓦的客房。赶上雨雪天，或东家不想回来时，就在那儿住下。

平日里，东家回来在三姨太房里过夜时，次日早晨，日上三竿才起床。那时间，伙计们早都下盐田去了，三姨太陪他吃个早饭，说几件她认为该说的事给东家听听，东家也不知道是听到了，还是压根儿就没往耳朵里去，不言不语地撂下碗筷，剔着牙，走到小院的花草间转转。高兴了，就告诉家里人，哪棵花草该浇水了；不高兴时，冷着脸，就奔大门口等候他的马车去了。

马车是送东家去镇上的。

每天，东家都在那“哗铃哗铃”的响铃中，似睡非睡地歪在马车的长椅上，不知不觉地走出盐区，奔向去镇上的大道。

晚上，早则三更，迟则天明，才能听到东家回来的马铃声。有时，一去三五天，都不见东家的马车回来。

所以，很多新来的伙计，常常是正月十六上工，一直到青苗淹了地垅，甚至到后秋算工钱时，都未必能见上他们的大东家一面。

东家有事，枕边说给三姨太，三姨太再去吩咐陈三。

陈三呢，每隔十天半月，总要想法子跟东家见上一面，说些东家爱听的进项什么的。说得东家高兴了，东家就会让兰姨太备几样小菜让陈三陪他喝上两盅。

这一年，秋季收盐的时候，陈三因为忙于各地盐商的周旋，大半个月没来见东家。东家便在一天深夜归来时，问三姨太："这一阵，怎么没见到陈三？"

三姨太说："哟，今年的盐丰收了，还没来得及对你讲呢。"

三姨太说，今年春夏时雨水少，盐区喜获丰收！各地的盐商，蜂拥而至，陈三整天忙得焦头烂额。

三姨太还告诉东家，说当地盐农们，送盐的车辆，每天都排到二三里以外去了。

东家没有吱声。但第二天东家在去镇上的途中，突发奇想，让马夫带他到盐区去看看。

刚开始，马夫以为自己听错了，随后追问了东家一句："老爷，你是说去盐区看看？"

东家没再吱声，马夫就知道东家真是要去盐区。东家那人不说废话，他不吱声，就说明他已经说过了，不再重复。

当下，马夫调转车头，带东家奔向盐区。

可马车进盐区没多远，就被送盐的车辆堵在外头了。

东家走下马车，眯着眼睛望了望送盐的车队，拈着几根花白的山羊胡子，拄着手中小巧、别致的拐杖，独自奔向前头收盐、卖盐的场区去了。

一路上，那些送盐的盐农们，没有一个跟东家打招呼的——都不认识他。

快到盐场时，听见里面闹哄哄地喊呼——

"陈老爷！"

"陈大管家！"

东家知道，这是喊呼陈三的。

近了，再看那些穿长袍、戴礼帽的外地盐商，全都围着陈三递洋烟、上火。就连左右两个为陈三捧茶壶、摇纸扇的伙计，也都跟着沾光了，个个叼着盐商们递给的烟卷儿，人模狗样地吐着烟雾。

东家走近了，仍没有一个人理睬他。

被冷落在一旁的东家，心里很不是滋味，他在那帮闹哄哄的人群后面，好不容易找了个板凳坐下，看陈三还没有看到他，就拿手中的拐杖从人缝里，轻戳了陈三的后背一下。

陈三一愣！还没有反应过来身后的这位小老头，到底是不是他的东家时，大东家却把脸别在一旁，轻唤了一声，说："陈三！"

陈三立马辨出那声音是他的大东家，忙说："老爷，你怎么来了？"

东家没看陈三，只用手中的拐杖，指了指他脚上的靴子，不愠不火地说："看看我的靴子里，什么东西硌脚！"

陈三忙跪在东家跟前，给东家脱靴子。

在场的人谁都不明白，刚才那个威风凛凛的陈大管家、陈老爷，怎么一见到眼前这个骨瘦如柴的小老头，就跪下给他掏靴子。

可陈三是那样的虔诚，他把东家的靴子脱下来，几乎是贴到自己的脸上了，仍然没有看到里面有何硬物，就调过来再三抖，见没有硬物滚出来，便把手伸进靴子里头抠……确实找不到硬物，就仰起脸来，跟东家说："老爷，什么都没有呀！"

"嗯——"东家的声音拖得长长的，显然是不高兴了。

东家说："不对吧！你再仔细找找。"

说话间，东家顺手从头上捋下一根花白的头发丝，猛弹进靴子里，指给陈三："你看看这是什么？"

陈三捏起东家那根头发，好半天没敢抬头看东家。东家却蹬上靴子，看都没看陈三一眼，起身走了。

嫁祸

东家的枪法不错。

海边盐滩上，看到一群腾空而起的海鸥或展翅飞翔的鱼鹰，大东家手起枪响，准有一撮银亮的羽毛留在空中。而脱离那撮羽毛的海鸥或鱼鹰就像空中飘落下个布口袋似的，飘飘摇摇地急坠而下。随着不远处水沟里"扑"地一声响，一大朵洁白的水花便绽放开了，那只漂浮物，伴随着一缕缕殷红的血丝，就一动不动地漂浮在水里了。

东家看到那猎物很高兴！

东家的高兴，不是用开怀大笑来表达，而是极为得意地把他手中的枪扔给他的马夫，高吼一声：

"嗨！你也来一枪，田九。"

东家外出打鸟，大都是田九跟在身旁。有时，大管家陈三也围其左右。但那样的时候少，陈三管的事情多，他忙。

偶尔东家带陈三出来，那是专门给他寻开心的。

田九为东家赶车，东家走一步，他跟一步。东家在玩枪高兴的时候，总是要喊呼田九也来一枪。

田九捧着枪，哪里敢放哟！他假装连枪栓都找不到。左右摆弄一气儿，末了，还是堆一脸憨憨的笑。把枪还给东家了。

这事情，若换了陈三，他是无论如何也要向空中放它个一枪半响的。

陈三是大管家不说，还深得三姨太的宠爱。至于，私下里，他们两个人偷鸡摸狗的事，外面有传言，东家也早有察觉，但东家只装作什么都不懂。田九就不行了，他没有那个胆儿！

那胆儿，不是你敢不敢摸枪，而是你有没有那资格在东家面前去耀武扬威。

东家呢，有时会手把手地教给田九，如何握紧枪托、扣紧扳机、瞄向空中哪只飞鸟。

尽管如此，田九还是一枪都没有单独放过。有几回，那枪虽然是响在田九的手上，可瞄准的一刹那，是东家帮他扣响扳机的。

不过，那样的时候，东家一定是遇到什么喜事了。

这一年，海盐大获丰收，东家高兴。

腊月二十三，东家把田九和陈三，都叫到后院喝酒。

说是后院，其实就是在三姨太房中。

酒桌上，东家说了这一年陈三和田九的辛苦，又说了明年的打算。等说到大家都高兴的时候，东家去里屋摸出枪来，说去盐场上比枪法——打鸟。

陈三那个乐哟！连拍大腿，说："好！"

三姨太也想去，可她酒桌上贪杯了，没离开酒桌，就说头晕。东家让陈三扶她到里屋躺下。随即让田九套马、备车，一同去了离盐区最远的一块海滩。

那里人少，各种海鸟多。

东家说，今天他少放几枪，让陈三过把枪瘾。另外，还要想法子把田九的枪法教会。

开始，田九认为东家是说给他们高兴的，没想到到了盐区后，东家把一发发锃亮锃亮的子弹推上枪膛后，单手握着枪管，问田九和陈三："你们两个，哪个先来？"

陈三虽推让田九，田九哪能不知趣呢，田九立马把陈三推到东家跟前。

东家在递枪给陈三的时候，嘱咐他一定要瞄准了再扣扳机。

陈三说："懂！"

"小心走火！"

陈三说："老爷，您放心！"

陈三跟大东家出来打鸟已不是一回，多少也懂点枪法。果然，"咣——咣——"，几声枪声响之后，还真有鸟儿坠落下来。

东家一旁连连说："好，好！"

但等枪传到田九手中时，田九只憨憨地笑，不敢去动真格的。

东家说："你怕什么，跟陈三学。"

田九仍旧憨憨地笑，末了，还是说："老爷，你来吧！"

"嗨！"大东家一拧头，过来帮田九握紧枪托，扣紧扳机，就在教他瞄准的一刹那，就听"咣"地一声脆响，鸟儿没打着，陈三却一头栽进旁边的盐田里了。

当下，田九和东家都愣了！

可就在陈三蹬腿、抓泥的时候，大东家不顾他的长衫大褂，扔下手中的枪，三步并作两步地跳进盐塘，一把将陈三从泥里抱起来，连呼带唤：

"陈三，陈——三！"

那时间，陈三已经死了。

一颗子弹正中他的太阳穴，鲜红的血汩汩外流。

大东家看陈三气绝身亡，忽而瞪圆了双眼，冲田九大吼一声："田九，你可惹下大祸啦！"

忙 年

一进腊月，吴家大院里就开始忙年了。

先是南来北往的牛贩子、羊贩子，主动上门订货。再就是附近三乡五里的，哪家有个稀罕物儿，比如院儿里打下的金丝蜜枣、甜水黄梨，以及漤透了的红柿子什么的，自家孩子舍不得上口，也要拣些大个儿的，色泽亮丽的，用筐子、篮子或是一方小手巾什么的提来，问吴家要不要，以便能换几个铜板，赶新年给孩子添件新衣裳，或是全家人能在年初一的早晨吃顿白面饺子。

吴家的内务，全都是大太太掌管着。

每年的这个时候，她都提早告诉管家，进多少牛羊，杀几头肥猪。至于那些枣呀，梨呀，葵花籽什么的，都是些零嘴玩意儿，大太太交给她身边的一个叫兰枝的丫鬟管。

大太太身边，一直都是兰枝、兰叶两个丫鬟伺候着。

兰叶多居屋内，给大太太梳头、捶背，大太太好抽烟，她那杆乌亮亮的竹竿烟袋，足有二尺长，大太太自个儿是够不着点火的，全都是兰叶摇着火捻子，歪着头，鼓圆了樱桃小口轻轻地给她吹进火星儿。有时，那火星吹不旺，大太太反手就把那长烟袋抽在兰叶的脸上了。

兰枝年纪虽轻，可她很懂事理！有事儿，大都站在堂屋客厅与东厢房相隔的帘子旁说给大太太。大太太有事儿，由兰叶出来喊兰枝在门口的帘子旁听着。

这一年，吴老爷捎过话来，说要领四姨太回来过年。

大太太知道，吴老爷和四姨太一回来，就要请县上警察局、镇上治安员什么的，到家里来吃酒席。原准备杀两头牛的，又让管家再去牵一头来。吴老爷爱吃牛肉丸子。又让兰枝多去弄点白果、核桃什么的，为四姨太准备着。

这样一来，家里的计划全打乱了，要杀的鸡呀、羊呀，所蒸的年糕、包子五花肠什么的，全都要再添份子。一时间，可忙坏了兰枝！

眼看就要到年根儿底了，三四个厨子昼夜不停地炒呀煮的，还是少个杀鸡剖鱼择菜的。

兰枝想到了往年来帮过厨的东街田嫂，就去请示大太太，问是不是叫田嫂来帮帮忙。

田嫂有二十出头，瘦高个儿，雪白的脖子，干活很利落，杀鸡、宰鹅、油炸狮子头，样样都能拿得下来，尤其是揉馒头、压卷子时，她把两只衣袖高挽着，揉起面团来，总踮起脚尖往下用力气。

这几年，吴老爷很少回来过年，家中不用做太多的菜，一般不再去叫田嫂来了。

这两年，田嫂的运气不佳，先是生了个豁嘴的小丫头，接下来，她丈夫的腿又在今年秋天运盐的时候磕断了。大太太可能也忌讳田嫂的孬运气，兰枝在门口问她的时候，大太太半天都没吭声。

兰枝呢，听大太太没有回话，也没听大太太反对，就知道大太太是默许了，随即派人去找田嫂。

田嫂来的时候，满脸都是喜悦。她在家里，正在为过年发愁哩！

当天，田嫂顶着一条灰白的花手巾，穿一件紫花的小夹袄。那小袄，没准是结婚那会儿做的，前几回来帮厨，也都穿着它，紧箍在身上，衣角还翘巴着，正好有个脏围裙，给她一扎，刚好把那小袄翘起的衣角给扎住了。尔后，田嫂就被指派到当院的污水窝前拔鸡毛。

田嫂挽起两臂，从屋里的大锅里提来一大木桶热水，往那大盆里一倒，抓过一只鸡往那热水盆里一打旋儿，热气还在直冒呢，田嫂就大把大把地往下扯鸡毛了。她旁边有个专门用来蘸手的冷水盆，手烫得受不了时，就往那冷水盆里一蘸，立马又去拔鸡毛了。要不，盆里的热水一凉，鸡毛就不好拔了。田嫂干这样的活，是很有些经验的。

接下来，田嫂又被喊去和面、剁肉馅、打年糕，等到年三十的那天下午，吴家已经没有多少事了。也就是说，那时间田嫂可以回去了，可吴家还没有开口说给她点什么东西，田嫂就没急着走，她自己给自己找些事情做，把炸鱼、炸虾剩下的碎鱼、乱虾与玉米面儿、鱼粉面儿和在一起，为吴家的狗呀、猫呀，也都准备了“年夜饭”。

等到吴家大院在风雪里贴上红对子，挂上大红灯笼时，街上稀稀拉拉地响起了喜迎新年的鞭炮声。那时间，已经是大年三十的夜了。

吴老爷与四姨太，因为那场暴风雪，临时取消了回盐区过年的计划。

大太太知道这个结果，连晚饭都没吃，歪在床上迷迷糊糊地睡了。

后来，等兰枝领着田嫂，站在帘子外面喊她时，大太太似乎是睡着了。兰枝连喊了两声：

“大太太，田嫂要回去了！”

“田嫂要走了，大太太？”

喊声中，田嫂正两眼茫茫地站在门外的风雪里。

田嫂想，今年东家做的肉、鱼丰盛，怎么也该给她一点带上。田嫂自打到吴家来忙年，家中的瘸腿丈夫，还有那个豁嘴的小闺女，没准几天都没进汤水。田嫂家的年怎样过，就指望吴家大太太的恩赐了！

哪知，大太太里屋发话，说：“窗台上的枣儿，给她几个吧。”

兰枝和田嫂还在等大太太的下文，可大太太不吱声了。

兰枝低着头，从屋里出来时，田嫂已捂住哭声跑出了吴家大院。兰枝一个人，站在吴家大院的雪地上，许久，没动。

第二天，大年初一早晨，吴家大院里一阵喜庆的鞭炮响过之后，少爷、姑奶奶以及吴家的奶娘、奶妈、丫鬟们，一拨一拨来给大太太磕头拜年。等临到兰枝、兰叶时，兰枝跪在大太太床前磕过头后，退到门外的帘子旁，告诉大太太，说田嫂昨晚在回去的路上，投井死了！

大太太听了，半天没有吱声。末了，大太太恶狠狠地说了一句：“不识抬举！”随后，责成吴家大院里的人，谁也不许去看热闹，权当吴家不知道那回事情。

凫水

盐区人，个个都会凫水。三奎更显得有能耐！他能在水底下换气，还能在水中捉到游动的鱼虾。那小伙子，初来盐区时，二十几岁，正处在上不着天、下不着地的年龄段儿，啥事情都敢去碰碰。谁若说盐河的淤泥不是黑色的，他立马就能一个猛子扎下去，抓一把污泥让你看看。

东家看中他的一技之长，选他到盐区来做事。

在盐区，盐工们手中的镐头掉进水里，或是老爷、太太们有啥细软的物件儿，一没留神，掉进门前的盐河桥下了，再就是家中来了客人，想吃个鲜活的鱼虾，喊他三奎一声，只见他一个水花扎进水底，随后，就把你想要的东西给你摸上来了。

春天，海棱蟹满壳黄的时候，东家带着城里的四姨太回来了一趟。目的是让四姨太对盐区产生一些好感，以后好多过问盐区的事。那时间，大太太一天天老了，好些事情做得不尽人意。

东家在大太太之后，娶过三四房姨太太。不能作美的是，二姨太英年早逝，三姨太在乱世时被土匪抢去，至今没有下落。目前，能在大东家身边的，只有大太太和四姨太。

大太太老了，吴老爷好多年都没挨过她。眼下，能给吴老爷焐脚暖被的，只有四姨太一个。

四姨太从小在城里长大，父辈经营着“天成大药房”，她做闺女时与店里的一个伙计私通，坏了名声，委曲求全，嫁给了吴老爷做四姨太，也算是有了名分。不能如意的是，吴老爷的盐区虽好，四姨太却不放在眼里，总觉着那盐区是个烂泥窝。吴老爷选在开春的时候带她到盐区来，就是想让她看看盐区的鱼呀、虾呀、蟹的，是多么肥美！

吴老爷陪四姨太站在门前的盐河桥上，不言不语地看风景，旁边有人却喊呼上了："三奎呢，下去摸几只海蟹，给少奶奶瞧瞧呀！"

话音未落，就听桥头上"扑通"一声，水花溅飞，河面上随之搅起一圈圈涟漪。等河面上再冒出水花时，那三奎正一手抓着一只大海蟹，晃晃悠悠地踩着水往这边游来。

四姨太不晓得那海蟹都是平时大海里捕来，放养在门前的河套里的，拍着手，夸赞蟹肥水美的同时，直夸凫水的三奎有能耐！

三奎递上海蟹，又一个猛子扎下去，尺把长的大黄鱼又掐在手中了。

眉飞色舞的四姨太，一时间不知是看鱼、看蟹，还是看三奎那海豚一样的戏水哩！等旁边的人示意四姨太回去吃海蟹时，四姨太这才知道刚才三奎摸上岸来的那几只大海蟹已经煮熟了。

那时间，吴老爷早已经回去，正独自坐在餐桌前自斟自饮哩！

四姨太吃着大海蟹，说着那个水中捉蟹的三奎，一连几天都笑容挂在脸上。

后来，四姨太跟吴老爷回城以后，四姨太一想起三奎水底摸鱼的能耐，就捎信来，让盐区把鱼虾送到城里去。有几回，四姨太还主动提出来，要跟吴老爷到盐区去过上一阵子。等吴老爷看四姨太喜欢上盐区时，好像也察觉到四姨太在暗暗地喜欢三奎。

入冬，寒流如期而至。

头一场大雪来得虽突然，可盐区这边，早已把四姨太的房间收拾好，并提前支上了暖暖的火炉。吴老爷喜欢耍钱、听戏，很少在房里取暖。可四姨太回来以后，指派下人把炉火给她烧旺！就看那个添加木炭的三奎，拎着个木炭篮子，一会儿往四姨太房里去一趟，一会儿又去一趟，把四姨太房里暖得呀，简直都可以暖小鸡了。

一天傍晚，吴老爷说是去镇上听戏。可不到半夜，吴老爷突然回来了，正与四姨太钻被窝的三奎慌忙跳窗而逃。

吴老爷察觉到后院里有响动，但他并没有急着去查找，而是调头走到前面的盐河桥上，用脚在雪地上划出一道深深的雪印子，指定他的水烟袋从那里掉进盐河里了。吩咐管家，让三奎下去捞！

而此时，惊魂未定的三奎，正在后院里左躲右藏。忽然，听前院里有人大声喊他，误认为他与四姨太偷情的事，被人捉到了把柄。深感大难临头的三奎，闻声跑到前面桥头一看，原来是让他下河捞烟袋。

当下，三奎的心里有些发毛，他明知道那是大东家在捉弄他，可三奎做“贼”心虚，急于想表白自己，凭着年轻气盛，当即甩掉身上的棉衣，一个猛子，扎进了那结满冰层的盐河里。

刹那间，就听盐河的冰层“咔咔”一阵脆响。待冰面上再有响动，三奎总算是抖抖索索地爬上岸来，他接过管家递给他的一瓶白酒，“咕咚咕咚”一口气喝下去大半瓶，才尝出那不是酒，而是一瓶带着冰渣子的凉水。

当夜，三奎一病不起。

数日后，三奎病死，大东家送给他一口厚厚的棺材。

赛花灯

盐区富人多，摆阔的人也多，且多得没边。

各家门前的石狮子、石鼓、上马台，一对比一对做得精细、精巧、耐看，一个比一个威武雄壮、耀眼！临街的吊脚楼、观景亭、望风阁，一家赛一家精巧工致，雕梁画栋，且专门为路人搭起遮风挡雨的回廊。赶上大灾之年闹春荒，盐区数得着的沈、杨、吴、谢四大家，拉开场子开粥锅、支粥场，一家比一家的粥香、粥稠、有嚼头，而且是两三个月里较起真来不倒号。这只是显阔，还不算摆阔。谢家老太爷过八十大寿时，专程从徐州、淮阴、沭阳、山东日照府请来八台大戏，同开锣鼓、同唱一曲。一时间，谢家的屋里屋外，院内院外，以及来盐区探亲、经商的，人人都能听到、看到为谢老太爷祝寿的大戏，阔不阔？再说一件，更是阔得没边了，那就是下面这件赛花灯——

大清朝就要垮台的那年春节，盐区沈老太爷沈万吉在京城里做官的大儿子沈达霖，借乱世之机，回盐区老家过年。这原本是个“树倒猢狲散”的不良征兆。你想，他沈达霖，堂堂大清国的京官，这大过年的，不留在京城给皇上、老佛爷拜大年，早早地跑到盐区来孝敬爹娘，这算哪码子事？可沈家的老太爷拾个棒槌当针用。怎么说，儿子是京官，能回到盐区来过年，就是给老爷子长脸了！尤其是儿子那一身官服，耀武扬威！沿途，过州，州接，经县，县迎。一直到盐区的家门口，还有衙役们鸣锣开道，了得！

沈家老太爷，大约在半月前得知大儿子要赶在年关，携一房东洋小姨太回盐区过年。家中原本该杀六头年猪的，一家伙放倒了十几头，本该做的年糕、馒头，以及鸡鸭鱼肉“狮子头”之类，全都翻了倍数，就连打牙祭的花生、大枣、山核桃、芝麻糖、海瓜子儿，也都重新加了份子。

儿子刚回到盐区的那几天，沈老太爷为摆阔、显脸，连日大摆宴席，宴请州府官员时，还特意把盐区的一些头面人物请来作陪，如大盐东吴三才，泰和洋行的大掌柜杨鸿泰，以及盐区主持盐政的地方官们。其间，沈老太爷说了很多得意洋洋的话，让在场的人听了，都感到很不是滋味。尤其是大盐东吴三才，三分淮盐，有他其二，他的眼里能有谁呢？沈家那样的京官，他见得多了。

可沈万吉就觉得儿子那身顶戴花翎，没处搁了，尤其是儿子身边还伴着个如花似玉的东洋小女人，更让老爷子得意开了。正月十五闹花灯时，沈万吉为显示他的富有，一家伙统揽了盐区所有的烟花爆竹店。

沈万吉要让他的东洋小儿媳看看，盐区人是怎么庆贺新年的；他要给盐区人开开眼，看看他沈万吉在儿子回来过春节的这年正月十五，他是怎样摆排场，怎样折腾出闹花灯的壮观场面的。

首先，沈万吉把盐区的所有烟花爆竹包揽了，盐区的百姓们，想买鞭炮，买不到了，等着正月十五的晚上，看沈万吉家燃放礼花吧。再者，十里八乡的舞龙舞狮队，提前三天，全被沈家请去了。别人家，有钱你也请不到了。怎么样，这谱儿摆得够味吧。就连吴三才那样的大盐东，照样叫他没有花灯玩。

好在沈万吉沈老太爷，不敢小瞧大盐东吴三才那样的主儿，提前给吴三才送去帖子，邀请他携家眷，赶在正月十五明月当空时，到他们沈家大院里观花灯、赏礼炮、看舞龙舞狮，共度良宵佳节。

吴三才接了那帖子，眼皮都没抬一抬，他觉得沈万吉那个老东西在变着法儿愚弄他。那帖子，看似给足了他吴三才的面子，人家办灯会、放礼花、搞舞龙舞狮，请到他大东家，够赏光的，够给他脸面的。可仔细一琢磨，他吴三才，堂堂的大盐东，家中上上下下，上百号人，赶在这大过节的，都跑到他沈万吉家去看灯赏花？为人家凑热闹，这算什么事！

吴三才琢磨来，琢磨去，沈万吉那个老东西不地道。他做官的狗屁儿子一回来，他立马长了能耐不成？想摆阔，显富有不是？老实说吧，他吴三才在盐区这块地盘上，向来还没输给哪个。他沈万吉想摆阔，想撒野？盐区没处搁了不是？也不撒泡尿照照，那大清国的香火，还有几天烧头？他那狗屁儿子，眼瞅着成了秋后的蚂蚱，还蹦跶个什么劲儿！

想到此，吴三才扔了那帖子，吩咐管家，套马，赶车，南下，北上，专拣重量级的烟花爆竹给我买，他倒要看看那沈万吉，到底有多少脓水，敢在他吴三才面前耍横摆阔。

出乎意料的是，前去购买烟花爆竹的伙计回来禀报，说周边城镇重量级的烟花爆竹，全都被盐区沈家买去了。也就是说，沈万吉早就防着他吴三才跟他比高低了。

此刻的吴三才，再想派人到更远处去买，已经没有时间了，元宵佳节已近在眼前。无奈何，吴三才只好拣起沈万吉的帖子，到沈家去凑热闹了。

可巧，正月十五夜，也就是沈家大院燃放烟花爆竹的时候，盐河口吴三才家的草料场以及盐河大堤上盐工们搭起的几十家“地笼”茅屋，突然间变成了一片火海！

沈万吉担心是他们沈家大院里燃放爆竹引起的，立刻停下闹花灯的热闹场面，前往火场救火。

盐区的老百姓，闻“火”而动，全都提着水桶、端着脸盆，赶往火场，民间组织的“水龙”捕火队，也纷纷推着水车，抬着“水龙”赶来。

然而，当一拨一拨的人群涌来，要去扑灭大火时，竟然发现所有的道口，全被临时封死了。怎么的？前面的火海是无人区。所谓的大火，是大盐东吴三才放着玩的。

火光冲天的时候，大盐东吴三才在人群中看到沈万吉带着儿孙们也赶来救火，拱手嘲讽道：“老伙计，我这可是真家伙，比你那烟花爆竹好看多啦！”

沈万吉哑然，一时间，牙根咬得咯咯地响。

大 厨

盐区，大户人家的厨子，也分三六九等。上等的厨子，肩不担水，手不沾面，甚至油盐酱醋都无需去碰一下，照样吃香的、喝辣的，受伙计们推崇，东家敬重。刚入道的小厨子，就稀松可怜了！他们要在大厨、二厨们的眼皮底下，规规矩矩地打三年的“下手”，担水，劈柴，洗菜，拾煤饼子，帮大厨子们提靴子、递毛巾、捧烟袋，以及掏耳朵、挠脚癣的活儿，样样都要抢着干才行，何时能熬到站在锅边煮粥、蒸馒头，那就有了盼头了！没准某一天的一锅小米粥熬得稠、煮得香，或是哪一笼屉馒头蒸得又白又软又有咬头，让东家的老爷、太太、大小姐们吃得可口了，一句话把你要到身边去，专供其做小灶，你的地位立马就不一样了。

刘贵，泰和洋行大掌柜杨鸿泰家的大厨子，一个白白胖胖的小老头，看似貌不惊人，可他凭着一手祖传的煮鸡蛋的绝活，一步一步攀升到大厨的位置上，一坐就是几十年，深得杨家几代人的喜欢。

每天清晨，杨家厨房里大锅熬粥、小锅滚汤，伙计们一派忙碌的时候，大厨刘贵会准时来到厨房。但此时的大厨刘贵，并不是去炒菜做饭。早晨的大锅饭，用不着他大厨上手。他单手握一把“咕嘟嘟”响的水烟袋，一身休闲的素装打扮，如同无事人一样，锅前锅后地瞧瞧看看，就算是给伙计们鼓舞了。偶尔，发现地上有滚落的豆子，或是水池里有拣漏了的几片青菜叶儿，他会不声不响地弯腰拣起来，无需去责备哪个，伙计们见了，自然也就脸红了。因为，东家把厨房里的事情交给他打理，他刘贵就相当于杨家的主人一样，做伙计的哪个见了他不敬畏三分呢。随后，等刘贵在旁边的耳房里坐下，小伙计们就会把一壶早就准备好的热茶给他捧上。

那时间，耳房里的炉火已被小伙计们燃旺，旁边有一只狗头样大小的小铜锅，擦洗得明光锃亮。刘贵就是用那把小铜锅来煮鸡蛋，而且是一边喝茶，一边添着木炭、仔细地观察着炉火，极有耐心地为东家煮着一锅“咕嘟嘟”直翻热浪的鸡蛋。其间，若是炉火过大、过旺，他就在旁边的小瓷盆里拣几块鹅卵石，把火苗压下去；过一阵子，火苗弱了，再把石块拣出来，添几块木炭，目的是让小铜锅里的水反复沸腾着。据说，那样煮出来的鸡蛋，既筋道，又香，又有嚼头。

回头，老爷房里派丫鬟来取鸡蛋时，刘贵还要用一条羊肚白的毛巾，先裹上几块尚存余温的石块，与那刚出锅的热鸡蛋一起包了去，以维持鸡蛋不冷、香味不散。整个煮鸡蛋、包鸡蛋的过程，刘贵从不让别人上手，甚至不让外人知道他购鸡蛋、煮鸡蛋的诀窍。天长日久，伙计们自然要嫉妒他！

一天，有个小伙计在二厨子的怂恿下，通过老爷房里的一个小丫鬟，在杨老爷杨鸿泰面前“咬耳朵”，说大厨子刘贵是个贼，还有鼻子有眼地说，大厨子无日不偷、无时不偷、无物不偷，每晚回家时，必包一兜子东西拎上。

杨老爷一听，有些吃惊！在杨老爷看来，刘贵是个极其忠厚的人。他家里几代人都在他们杨家做事。他怎么能背叛主子呢？扪心自问，他刘家吃的、用的，包括盐河口那片青砖灰的小套院，哪一样不是老爷赏给他的？可以说，他们刘家的根，早就扎在他们杨府里了。杨老爷不肯相信丫鬟的谗言。但人世间的事情，不怕你不信，就怕你在心里留下抹不去的烙印。杨老爷自从听了丫鬟的“学舌”，他还真的留意起大厨子刘贵来。

一日，晚间。杨家厨房里就要关灯上锁的时候，杨老爷带着小姨太到前面大厅，摆一张小方桌，搬两把椅子，借门厅的灯光，看似在下棋，实则是想堵住大厨，看个虚实。

可巧，那天晚上，大厨的手中，果真拎了一包鼓囊囊的东西，路过门厅时，杨老爷打老远就看到了，可等刘贵走到跟前时，杨老爷没有抬头，他似乎是很入神的样子，跟小姨太对垒着。刘贵也没有慌张，只是把左手的东西，换到右手去，强装着笑脸，跟老爷、小姨太打着招呼，说：“这么晚了，老爷、太太还没歇着？”

杨老爷没有搭理他。小姨太倒是回过脸来，瞭了刘贵一眼，但小姨太很快也把目光转到棋盘上了。刘贵就那么无事人一样，面带着谦和的笑容，从杨老爷身边过去了。可就在刘贵要迈出大门时，忽听杨老爷背后问他一句："刘贵，老家来客了？"

刘贵猛一愣怔，一步门里、一步门外地回老爷话，说："没，没！"

在杨老爷看来，你刘贵的家人们都在他杨府里做事，一天三顿饭，他家里都不用开火，你还用得着晚上再偷点什么回去吗？刘贵被杨老爷那样一问，当然听出杨老爷话中有话，当即停下来，不敢再往外走了。没想到，杨老爷却不想让他当场出丑，扬一下手中正捏着的一粒棋子，看都没看刘贵一眼，说："去吧，你去吧！"

刘贵没再说什么，就那么默默地退下了。

第二天清晨，大厨刘贵破例给杨老爷亲自送来煮鸡蛋，并邀请杨老爷务必到他的寒舍去，看一下他喂养的几只母鸡。

当杨老爷得知他每天清晨所吃的热鸡蛋，是大厨刘贵煞费苦心地挑选着带虫口的大枣、百果、人参，以及山核桃、青蚂蚱来做鸡饲料时，杨老爷大笔一挥，批给刘贵——为杨府提供鸡蛋的每只母鸡，每天以一两白银的价格去配饲料。

后人传说，杨鸿泰家的这种供养母鸡生蛋的代价，一直持续到他们杨家清末时家道败落。

斗 羊

斗羊，乡野取乐的把戏。弄到盐区来，却成了有钱人的赌场，吸引着方圆几十里的斗羊手。

每到冬季，大风咆哮，盐硝四起，盐区一片萧瑟。这斗羊的热闹场景，便一个接着一个地拉开了。

那场面，激烈，壮观，有趣，扣人心弦！

宽阔无边的盐碱滩上，一望无际的大海边，临时垒起一处高台，并用松枝、彩绸，搭起一个“龙门架”。那便是斗羊场的最佳看台！上面坐着盐区的头面人物，如大盐东吴三才，泰和洋行的大掌柜杨鸿泰，以及立春院、得月楼的老鸨杜金花等等。他们都曾为本年度斗羊出过银子。有的，还是某一场斗羊的庄家。

黑压压的人群，围出“看台”前面一片空旷的场地，那可是两羊相斗的角逐场哟。

最先登场亮相的，是一位身穿白绸袍的斗羊手，他在一阵震耳欲聋的锣鼓声中，翻着跟头，闪亮登场，报出本场斗羊的庄家，来自何方，姓甚名谁，并以一枚铜板的反正面，决定哪一方率先“走场”。

走场，就是展示羊的雄姿。

随后，双方或多方开始押赌注，白花花的洋钱，耀眼夺目的珠宝古玩，一一捧到台前。参赌者，或庄家单挑，或有钱人对质“叫板”，将赌注越抬越高越长脸面。

但是，这“走场”的一招一式，你可要看准了、瞧好喽。否则，你所押的赌注，眨眼的工夫，可就落进别人腰包。

接下来，就听斗羊人一声尖锐的哨响，高台两侧同时放开的两只野马似的斗羊，如两只离弦之箭，飞驰电掣般地向中间“对冲”而来。

说时迟，那时快，围观者，只见羊的四蹄所扬起的盐硝烟尘，如烟似雾，向中间“燃烧”而来。而两股“烟尘”相接的一刹那，只听“咔嚓——”一声脆响，四只羊角，或一对羊头，竭尽全力地碰撞在一起。

倘若两只羊的势力悬殊过大，就这一声碰撞，其中一只羊，或羊角折断，或脑袋开花，当即倒地或调头逃窜。如两者力量不分上下，首次对接之后，羊们会很规矩地各自往后退出一段距离。而后，不约而同地再一次更加凶残地往中间对接，并且是一而再、再而三地进行下去，直至其中一方头破血流地败下阵来。

那场面，激烈，壮观，刺激，好看！但参赌者，提心吊胆，咬牙切齿，揪心挠心，冒着极大风险！不少参赌者，乘兴而来，败兴而归。有的，甚至是被人抱着抬着哭着离去。

这一年，从山东沂水来了一位瘦巴巴的汉子，穿高袍大褂，拎五尺长的竹竿烟袋，牵来一只高头大耳的黑山羊，一走场亮相，就看出不是一般的玩家。连续几场下来，他都拿了头彩，以至，连大盐东吴三才所下的赌注，都落进他的腰包。

一时间，盐区的玩家们，个个都输红了眼，他们眼睁睁地看着一个外乡汉子占了上风，感觉丢尽了盐区人的脸面！有人私下里找到吴三才，求他，一定要想法子，为盐区人出出这口恶气。

吴老爷在玩的方面，向来是高手，斗鸡，玩鸟，耍鹌鹑，样样在行！可这一次斗羊，他却输给了一个外乡汉子，颇感意外。

还好，又一场更加精彩的斗羊开始了。

这可是大东家抓脸面的一场比赛，他为了拿下那个异乡汉子，长长盐区人的斗志，不惜重金，从百里之外云台山上一个老羊倌手中，购来一只野性十足、体大如犊的大山羊，要与那山东汉子的老黑羊决一胜负。

开赛前，大东家押上了重头赌注，并在两羊登场亮相之后，点了舞龙舞狮，魔术杂技，以此烘托场上的气氛。

岂料，没等两场魔术耍完，亮在场地中央等候角逐的那只山东沂水来的大黑羊，突然口吐白沫，摇头晃脑，四肢抽搐，“噢噢”怪叫几声，轰然倒地。

众人不知何故，唯有大东家吴三才和那个山东汉子心知肚明。那只大黑羊，赛前吃了鸦片浸泡过的豆子，相当于当今体育比赛中禁止使用的“兴奋剂”。这阵子，那大黑羊的毒瘾犯了。

此前，它每回上场，都服过“鸦片豆”。所以，每场都劲头十足，势不可挡。可今天，大东家吴三才给他来个“舞龙耍狮子”，一家伙把时间拉长，大黑羊当场现丑。

事后，有人提起那个山东汉子，输光了身上的长袍，败在大东家手下时，大东家不屑一顾地笑笑，说：“操，就他那点脓水，也来盐区闯荡，一边凉快去吧！”

妙方

盐区繁荣的时候，大大小小的药房、药铺十几家，前街的华生堂，后河口的李家药铺等，都不成气候，顶上天，也就是看个头疼脑热的，提不上把儿。当然，最提不上把儿的，当属鱼市巷里的曹家老妈子，虽说她的小药箱里，整天也晃动着红药水、紫药水，可她是个接生婆，帮助女人生小孩子的，女人肚皮以外的事儿，她就没了能耐。

在盐区，所有的药房、药铺中，天成大药房挂头牌。大掌柜的贺大夫，大名贺金魁，其医道，方圆百里闻名。

码头上，折胳膊、断腿的伙计，哭着喊着抬来，无不笑着乐着，拱手谢着离去。日本人在此地铺铁路、开矿山、修炮楼时，都请贺大夫去坐诊，你想想，那能耐，了得！

只是这人一有了能耐，派头自然也就拿足了。一般人得个头疼发烧的小毛病，贺大夫不上手了。打发你去前街华生堂或后河口李家药铺里瞧去。要么，就到天成前厅里，找伙计们用药好啦。贺大夫就不出面了！当然，这类的小毛病，前厅的伙计们都能瞧，也用不着劳驾贺大夫。

偶尔，有达官显贵，或富贵人家的俊太太、娇小姐坐着花轿请到门上，伙计们不敢怠慢，即便是无需请贺大夫，也要礼节性地把贺大夫请出来。这等于给足了对方面子。再者，就是天成内部的伙计们得了毛病，尤其是大东家一家老少几十口，偶尔谁得个头疼脑热的，全都是贺大夫亲自出方子。

今儿这一遭，毛病出在一个新月里的婴儿身上，可他，揪动着天成上下几十口人的心！要问什么人这么重要？说出来吓你一跳！天成大东家四姨太所生的小主人，忽然间拉稀不止，又哭又闹。

四姨太房里那个小脚奶妈，把那个粉嫩嫩的小人儿抱出来，给贺大夫看过两回了。

头一回，贺大夫正陪大东家在客厅里摸纸牌，那个小脚颠颠的奶妈子，乐呵呵地抱来小主人，一则，是想让老爷、太太们看个新喜，再者，就是向贺大夫讨教："孩子老是拉稀，又哭又闹怎么办？"

贺大夫压根没当回事情，孩子嘛，哭哭闹闹，正常事，不哭不闹，那可真出了麻烦。但碍于老爷、太太们在场，贺大夫还是掀开襁褓一角，张了两眼，说："节食，轻晃，即可！"

贺大夫没做更多的解释，又和大东家、太太们继续摸牌。

奶妈懂了！四姨太头一胎生了个大胖小子，这个疼，那个爱，抱来晃去地不停手，再加上四姨太奶水足，没准是给孩子喂多了，撑着了。

老爷、四姨太，信着贺大夫，自然不会多虑孩子为何哭闹的事。可两天以后，奶妈又抱来小主人，说昼夜啼哭不止，孩子的眼圈都哭肿了，怕是添了什么新毛病。

这一回，贺大夫较了真，摸摸婴儿的小脑门，不烧；看看孩子的舌苔，粉嫩正常。贺大夫想：莫不是孩子有了内火？告诉身边的伙计："取几粒仁丹，让四姨太喂奶时，沾在乳头，哄孩子服下。"

那是一种细如灰土的西洋药，十分稀有、珍贵！可消炎去火，尤为适应婴儿服用。但是，四姨太将那药物喂下孩子后，并不见好转，尤其是拉稀，怎么也止不住！眼看着白胖胖的小宝宝，一天天瘦成皮包骨头。

这时间，贺大夫坐不住了，天成的伙计们，看贺大夫都束手无策，都认为孩子患了不治之病，一个个感到脸上无光！自家开着大药房，竟然治不好大东家小宝宝的毛病。

大东家开始信着贺大夫，稳住阵脚不动。可这两天，有事没事，总要到贺大夫这边来转转。弄得贺大夫直冒虚汗，可就是找不到下药的方子。

四姨太疼孩子，心焦！传出话来："治不好孩子的病，干脆都给我打包袱，走人！"

这话，是说给贺大夫听的。可天成的伙计们都有份儿！大伙儿全都拿着天成的俸禄，谁能脱了关系？

一时间，天成的伙计们，一个个全都缩了头。大伙儿都盼着贺大夫开方子，可贺大夫迟迟不敢下药。

就在这节骨眼上，鱼市巷的曹家老婆子，拎着红药水、紫药水的小药箱，摇啊摇的，打天成门前走过，看到四姨太房里的奶妈抹着泪水出来倒垃圾。问其原因，奶妈道出小少爷的病情，并说贺大夫都奈何不了。

曹老婆子轻叹一声，摇摇头，走去老远，又折回来，找到刚才奶妈倒垃圾的地方，看了半天，摸到四姨太的房里，斗胆开出一方：粗茶淡饭，外加青菜萝卜豆芽汤。

两天后，孩子的毛病，好了。

那曹老婆子从天成连日来倒出的垃圾中，看到四姨太月子里，吃尽了山珍海味、猴头燕窝，猜到四姨太的奶水里油性过大，婴儿肠胃拿不住，才犯病的。

吃 客

远离海岸三十里，有一处水雾缭绕的孤岛。名曰：太阳山。顾名思义，太阳升起的地方。实则是海盗、土匪、贼寇隐居的狼窝！四面黑风白浪环抱，悬崖峭壁林立，周边暗礁怪石，击浪滔天。来往船只，稍有不慎，触礁，即刻船毁人亡。

土匪张黑七，领着一伙亡命徒：盘踞此山，打劫来往船只。其理由，说来正大光明——南来北往东去西靠的商船、渔船、花船、小帆板船，等等，要想打此处水面通过，张黑七的小火轮，忽而迎上来，假模假式地给你导航，确保你的船只顺利地绕过暗礁，通过那片事故多发水域。

这原本是件好事，可这事情弄到张黑七手上，变成了明目张胆地卡、拿、抢、要、夺！怎么说，他帮你导航了，给点报酬吧？给多少？给少了，显然不行。给多了，船家又不情愿。可不情愿也得给。遇上土匪海盗了，该你倒霉，船上有什么吃的用的玩的值钱的物件儿，一样一样拿出来让大爷们挑吧。否则，拳脚相加，那是便宜你了，谁敢顶嘴，或抬手反抗，立马把你推下大海喂鲨鱼。明白吗？这叫海盗土匪，没什么道理可讲。

就这样，张黑七仍不满足，他时刻掂量着盐区那些富得流油的大盐商们。隔三差五，总要派几个弟兄到盐区去骚扰一番，不是指名道姓、明码标价地要吃要喝，就是暗中绑票打劫，抢粮、抢盐、抢银子、抢人。

张黑七抢人，一是抢年轻漂亮的女人，再就是抢大户人家的公子哥，或是抢那些娇宠至爱的阔少爷们。前者，抢去就不放回来了，留在岛上做些年轻女人力所能及的事情，最终，岛上派人给她的家人送来“红包”，那一准是做了张黑七的某一任压寨夫人；后者，虽说能放回来，那是要拿重金赎的。

张黑七做事满仗义的。抢上太阳山的女子，事先大都与她本人通过气。起码是有人在那女子的耳边，不止一次地说过张黑七个头多么高大，身板多么硬朗，对女人又是多么疼爱，直至说得那些风情女人的心里犯痒痒。所以，凡是被张黑七抢上太阳山的女人，都有心理准备，都不讨厌张黑七。好些深藏在闺中的大小姐，或是被冷落的小姨太们，私下里，还盼着张黑七来抢哩。

但张黑七抢得更多的，还是盐区大户人家的公子哥、阔少爷们。那玩意儿非同抢个漂亮女人，弄到山上，看她哭，哄她笑，挺麻烦的，抢到公子哥、阔少爷们才是玩钱的真家伙！

这样说吧，张黑七每抢到一个富家的公子哥，如同渔家人一年的好收成，成筐成箱的金元宝、现大洋，以及五彩缤纷的苏丝杭绸，全都要乖乖地给他送到太阳山来。美不？

问题是，那些有钱人家的公子哥、阔少爷们很难抢到。盐区，但凡是有钱人家，无不垒起高门大院，且戒备森严，昼夜都有家丁巡逻，暗中还有“毛狗”等你跳墙入院。

盐区人说的“毛狗”，是指火炮和枪支。

盐区，大户人家的小姐、姨太们都会玩那种磕头“盒子”。张黑七的队伍中也有那些洋玩意儿。但是，真刀实枪地干起来，张黑七还是惹不起那些商贾大户们，他的武器没有盐区大户人家的先进。所以，张黑七一伙，只能靠暗中绑票打劫，给你来个防不胜防。一旦他张黑七把你的家人绑架到他的太阳山，那就由他摆布了！一句话，拿银子来赎人吧。太阳山上易守难攻，上下靠一只吊篮滑行，外来人想登上此山，比登天还难。

张黑七有言在先，某天某日，限你带多少布匹、多少现大洋，划船到太阳山下的一处避风港，由一只上下滑行的吊篮，逼你一篮交货，一篮赎人。

但有一条，张黑七所索要的财物，不能打折扣。否则，心狠手辣的张黑七，宁可当着你的面儿毁票——将人质推至大海喂鲨鱼，也不让你玷污他说一不二的海盗名声。

张黑七绑票，量力而行！他所开出的赎金，尽量让对方能接受。如果抓到的是一个小财主，也就是三五百两银子了事。可遇上大盐商，他可就狮子大开口了，没有个千儿八百的银子，他是不会与你了结的。所以，张黑七做梦都想绑架盐区的“盐大头”们。他曾不惜重金，买通盐区的探子，以此来摸清大盐东家人的行踪。

一年正月，大盐商沈万吉过七十大寿，家中请来淮海戏班子，昼夜不停地唱大戏。张黑七得知这个消息，派人化装成码头上扛大包的盐工汉子，混入沈府看戏的人群中。夜晚，戏至中场，上面戏楼里下来一个白胖胖的年轻人去茅房，匪徒们一看此人不凡，盯梢至黑暗处，捂上嘴巴，装进麻袋，翻墙而逃。

当夜，匪徒们劫票到太阳山。

张黑七一看，抓来一个白胖子，大喜！心想：有戏。一面叮嘱弟兄们给他蒙上眼睛，关进地窖，不让他知道山上的暗道机关；一面派人给沈万吉家送去赎金三千大洋的书信。

原认为沈万吉丢了儿孙，心如刀绞，见到书信，立马就会带钱带物来赎人。没料到，两天过去，仍不见沈家的船只来太阳山。这时，被关在地窖里的白胖子，早已饿得“嗷嗷”惨叫！张黑七让弟兄们把他从地窖里拖出来，赏些小鱼烂虾给他吃。

不料，这一吃，可让张黑七看出了学问。

那白胖子吃小鱼时，显出天大的能耐！只见他左边嘴角进鱼头，右边嘴角出鱼刺。而且，不停地进小鱼，不停地出刺，始终不见他嘴动、舌挑、牙齿嚼，只见吐出的鱼刺，一根不断，一丝不乱，鱼头的骨架、眼珠子还活脱脱地挂在上面，一条条鲜亮亮的两面针鱼刺儿，如同一把把银梳子、金篦子，循序渐进地被他吐到桌角上。一家伙把在场的匪徒们看傻了！

张黑七不动声色地思忖了半天，猛揪过那白胖子的衣领，瞪圆了两眼，问：“你是沈万吉家的什么人？”

那白胖子战战兢兢地回话：“厨子。”

张黑七心中轻“噢”了一声，暗自骂道：“奶奶个熊，敢情抓来一个厨师，难怪沈府里不痛不痒呢！”转而又想，也罢，既然他会做饭，那就留下来，伺候老子吧。

岂不知，等张黑七把那个白胖子送进厨房，让他动刀剖鱼、炒肉、做馒头时，那家伙装疯卖傻，赁说他啥都不会。张黑七急了，上来“叭叭叭”掴了他几个耳光，厉声呵斥道：“奶奶个熊，沈老太爷你能伺候，我张黑七你就不能伺候？”说话间，张黑七掏出“盒子”，要干掉那个白胖子。

白胖子见状，“扑通”跪下，磕头如捣蒜，苦苦哀求，说沈府里的厨子，上上下下几十个，剖鱼的，剁肉的，捣蒜的，拣米的，和面的，各负其责。而他，仅仅是个吃客。

那白胖子没瞎说，他是沈府餐桌上一个马前卒——专职冒死试吃河豚的主儿。

赌　城

盐区，大户人家娶妾纳小，不为新奇。问题是，泰和洋行的大掌柜杨鸿泰，五十有几的人啦，又要娶个芳龄二八的黄花大姑娘，多少有些离谱。

起初，杨老爷纯属于找乐子、寻开心，从一个湖州客商手中，弄来位小鸟依人的“扬州瘦马”伴在身边。那时，“扬州瘦马”如同今天女子学院里出来的才女，受过专门教育，琴棋书画，无不精通。而且，个个温柔美丽，风情万种。杨老爷当然喜欢！可没过多久，那女子提出请求，要跟杨老爷讨个名分。

这下，杨老爷有所为难了。

当时，杨家的三少爷都已经娶妻生子。也就是说，杨老爷已经是做爷爷的人了，再领个洋学生似的小闺女进门来做小姨太，别说大太太不答应，就是儿女们这一关，只怕也很难通过。可那个哭如歌吟一般的扬州小女子，香泪泡软了杨老爷那把老骨头，促使杨老爷横下一条心——收她为妾。

杨老爷的这个决定，不亚于晴天一声霹雳！儿女们公然站出来反对，大太太在劝说无望之后，一改往日的顺从、贤良，要投河，要上吊，要死给老爷看。后院里，两三房风韵尚在的姨太太们，也都指着杨老爷的脊梁骨，骂他老不正经：“黄土都埋到脖子了，又在外面惹臊！”

杨老爷一看，不好硬来。一面哄着那小女子不要着急，答应她，早晚一定会给她个名分，一面劝说大太太，让她把持好家务，管好内眷，不要干涉他在外面的事。

大太太还算开明，她跟老爷摊牌，说：“你在外面怎么臊都行，就是不能把那小蹄子带到家中来。”

有了这句话，杨老爷来了主意，盐区东去五里许，白茫茫的盐田里，有一栋气势宏伟的白洋楼。那是杨家守望盐田的哨所驿站，同时，也是杨老爷到海边登高观潮、赏月的境地。用当今的话说，那叫别墅，亭台楼阁，前后院落，一应俱全，美着呐！

杨老爷指定，把洞房选在那里。

谁能说它不是杨家的府邸？周围大片海滩，全是他杨家的盐田。可它，确实又不是杨家的深宅大院，孤单单的一栋白洋楼，矗立在一片白茫茫的盐碱地里，四野，一片空旷。

杨老爷挽着那娇柔似水的“扬州瘦马”，披红戴花，张灯结彩，欢天喜地住进去了。大太太那边，深知杨老爷拿定主意的事，十头骡子、八匹马都拉不回头。干脆，眼不见，心不烦，随他去吧。

由此，杨老爷家外有家，两全其美。

可没过多久，那小女子又不高兴了。她觉得白洋楼里太冷清，尤其是白天，杨老爷外出以后，把她一个人关在那空洞洞的白洋楼里，如同笼中的小鸟儿一样，苦闷，无聊，度日如年。

杨老爷略有所悟。改日，再出门时，尽量把她带上，并有意识地带她去戏院、酒楼、茶馆等热闹场所，让她寻开心。每隔三五天，还带她去县城里溜达溜达。县城里人气旺，热闹。沿街，耍猴的，玩大顶的，捏糖人的，玩杂耍的，应有尽有。有时，杨老爷去县衙里玩牌，也把她带上。尽管如此，那个在扬州城里见过灯红酒绿的小女子，还是觉得白洋楼里过于冷清，时不时地便香泪沾襟。这让杨老爷很揪心！

一天晚上，杨老爷又去县衙里玩牌，玩到最后，杨老爷猛不丁地把白洋楼的房契掏出来——他要跟县太爷玩一把大赌注。

那一任县太爷，是个贪得无厌的家伙，他约杨老爷去玩牌，就是想敲杨老爷的银子。杨老爷心知肚明。所以，杨老爷每次去县衙里玩牌，总要多带些银票，随那狗官折腾吧。不把那狗东西哄好了，泰和洋行的生意也做不顺当。但这一回，县太爷没料到杨老爷跟他玩起了大赌注。

县太爷问他：“你想赌什么？”

杨老爷淡淡地一笑，说："赌官！"

杨老爷说："我这一辈子，世上好吃的、好玩的，我尝得差不多了，就是不知道做官是个什么滋味，我想过一把官瘾。哪怕就做一天，也行。"

县太爷知道杨老爷那是玩笑话，但他笑容僵在脸上，告诫杨老爷："牌桌无戏言！"

杨老爷拍着胸脯，说："无戏言！"

可就在双方亮牌的一刹那，杨老爷陡然捂住牌局，他提醒县太爷，说："我不能因为一栋宅院，坏了大人一世的英名。这样吧，我那栋白洋楼，赌给你做县衙门公用如何？"

县太爷犹豫一下，似乎意识到那样一栋豪华的宅院，倘若真是落到他个人的名下，一旦被官府追查下来，势必要背上一个贪官的骂名。于是，他爽快地答应了杨老爷："好，就按你说的办，赌给我做县衙门用。"

然而，双方亮牌以后，没等杨老爷看清桌上的牌局，身边那女子缠绵的哭泣声，证实杨老爷的白洋楼没了。

那一刻，杨老爷笑容僵在脸上，可他，还是很仗义地把房契推给对方。

当晚，往回走的途中，杨老爷话少。那女子却"吱莹莹"地哭了，她问杨老爷："你把我们的白洋楼都输掉了，往后，你让我到哪里去？"

杨老爷不语。

那女子哭泣不止。

末了，杨老爷猛不丁地冒出一句："你不是想热闹吗？"

那女子不解其意，仍旧"吱莹莹"地哭。

杨老爷说："女人家，真是头发长，见识短。我马上在白洋楼旁边再给你建一栋红洋楼！"说完，杨老爷不搭理她了，歪在马车上，迷迷糊糊地睡了。

时隔不久，也就是杨老爷建起红洋楼、盐都县衙搬进白洋楼以后，打通了白洋楼到盐区的主干道。之后，盐务所、育政所、税政所等等，相继搬迁过去，周边的地价迅速攀升！杨老爷坐享其成的同时，眼看着一座新城，蓬勃兴起。

红娘思嫁

兰叶，吴家的丫头，来自盐河水乡。

水乡女孩，生来与水结缘，个个出落得秀水一般温情可人，又因为多食鲜美的鱼虾，无不聪明漂亮。

盐河里，聪明而又漂亮的女孩，命运里只有两种选择：一是这船嫁到那船上为人妻、为人母，繁衍一代又一代的盐河儿女。二则被船客或有钱的商家看中，领出盐河，享乐世间荣华。

兰叶的命运属于后一种。十二岁那年春天，一个偶然的机会，她被盐河码头上的大盐东吴三才吴老爷看中，甩下一串钢洋，领她走出盐河。

大东家看中兰叶，原想留在身边捧壶、掏耳朵、挠痒痒，当个爱鸟一样玩耍着。没料到，那时间大太太房里正巧缺个抱猫、逗狗的小丫头。

晚饭桌上，大太太看吴老爷身边多了个俊眉顺眼的小丫头，打了个手势，叫到身边，先看其模样可人，又瞧其嫩藕一样的手臂，往自个儿怀里一揽，跟吴老爷说了声："这丫头，我留了。"

当时，吴老爷已经娶了四房姨太太，早已经不到大太太房里过夜了。大太太留下兰叶，目的是讨个人气，图个热闹。

吴老爷虽然没有吱声，但吴老爷默认了。

最初的日子里，兰叶不懂规矩，常遭大太太的冷眼。罚过几回泪水，便长了见识，尤其被当家的丫鬟调教之后，兰叶如同驯服的小猫小狗一般温顺，体贴入微地相伴在大太太身边。

大太太听戏，兰叶轻拍一双白鸽一样的小手打拍节；大太太午睡，兰叶寸步不离地站在床前，摇扇纳凉，或驱赶蚊虫；大太太想抽烟时，兰叶不等她那杆乌亮亮的竹竿烟袋伸过来，便手疾眼快地摇起了火捻子，且，不失时机地噘起红樱桃样小口，猛一鼓劲儿，吹旺火星儿。

兰叶成了大太太的左右手。

一晃，数年。留在大太太身边的使女、丫鬟们，换了一茬又一茬，模样好看的，不是被老爷、少爷房里挑去做了垫床的，就是被指婚论嫁，打发出吴家的深宅大院，唯独兰叶，仍旧留在大太太身边。

大太太用熟了兰叶，舍不得兰叶离去。

兰叶也与大太太有了感情，不想离开大太太。尤其是后期，大太太视兰叶如自家爱女一般！吃的，用的，玩的，样样都依着兰叶，以至酒饭桌上，大太太时常打破主仆的规矩，让兰叶陪她共餐。

兰叶很知足。

但兰叶身为女儿家，不知不觉地有了自己难言的心事。

这天晚饭桌上，大太太赏给兰叶一只鲜红的大海虾，兰叶没舍得上口，而是托在盘中，别出心裁地夹起旁边菜盘中的一片大红的辣椒皮，盖在那大红虾的头部，与大太太打趣，要讨一菜名儿。

大太太笑骂她鬼丫头，问："怎么讲？"

兰叶两腮一红，说："红娘思嫁。"

大太太猛一愣神儿，掐指算来，兰叶来到她身边，已近十几个年头。也就是说，兰叶十二岁时来到大太太身边，而今，已是二十出头的大闺女了。

这在当时，早该谈婚论嫁了。

大太太轻叹一声，呆呆地看着兰叶，半天没有言语。

兰叶则放下碗筷，好像自己做错了事似的，半天，不敢抬头看大太太。

隔日，大太太房里新来了一个小丫头，代替兰叶做事。兰叶知道，大太太要送她走了。

一时间，兰叶的心里，忽而空落起来。自个儿躲到一旁，止不住的泪水，"噼叭噼叭"地往下滚。

汪家父子

船坞出巧匠。指的是造船的作坊里，藏有木匠行里的能人高手。

早年，盐河里的船只，一色的木帆船。船坞里造船的木工们，大都十二三岁时被父母领着来学徒，直至两鬓斑白、牙齿脱落了，手中还离不开养家糊口的斧头、锯子。可见他们手上的木匠活儿个个都磨砺得不一般。但真正能从小学徒一路攀升到大师傅的，没有几个。汪家父子，算是特别!

汪家父子同为木匠，且都是木匠行里的天才。同样的木料，弄到汪家父子手上，立马就非同寻常了！人家所连的卯榫，任你十头骡子、八匹马都休想拽开，看汪氏父子雕在箱体、桌角上的蝴蝶、鲤鱼，你会害怕那蝴蝶扇动翅膀飞了，鲤鱼跳起来，蹦到你桌上的碗里。

汪家父子，凭着木匠手艺，叫响了盐河两岸。

这一年，盐区泰和洋行的大东家杨鸿泰，来船坞选匠人，说是去他家修缮门窗。汪家父子，有幸被杨鸿泰看中。

开工的前一天晚上，杨鸿泰设宴招待汪家父子。酒桌上，杨老爷漫不经心地问："打嫁妆，用什么样的板材最好?"

汪家父子对对眼睛，这才知道杨老爷领他们来，不是修缮门窗，而是专为他们家的宝贝女儿打嫁妆。

一时间，汪家父子多少有些紧张。因为，打嫁妆与修缮门窗，看似都是木工活，可两者截然不同。大户人家修缮门窗，虽说少不了要雕梁画栋，可那毕竟是木匠行里的轻巧活，可精耕细作，也可偷工减料，再无能耐的木匠，照葫芦画瓢，也能给糊弄过去。可打嫁妆，尤其是到盐区大户人家去打嫁妆，那还了得！先不要说贵府里的千斤，对自身的嫁妆有什么刁钻、新奇的要求，管家领你去看看人家打嫁妆要用的木料，一般的木匠，只怕就不敢下手了。

盐区，大户人家嫁闺女、打嫁妆，相互攀比。你家小姐的嫁妆用红木、楠木的板材，他家的千斤偏要高你一筹，选用紫檀、鸡翅木；更为甚者的，还不惜重金，购来广东、海南一代名贵、稀少的黄花梨。而上等的紫檀、黄花梨，有着寸木寸金之说。一般的木匠，一斧子下去，坏了人家的板材，倾家荡产都赔不起哩。

汪家父子，弄明白杨鸿泰的真实意图之后，凭着艺高胆大，点头应下了。至于工钱嘛，杨老爷没说，汪家父子也没有细问。汪家父子知道，杨老爷不会亏待他们。

接下来，汪家父子按照杨府里的要求，白天黑夜埋头做活。期间，杨老爷来过几趟，带些食物、用物，看似关心汪家父子的起居，实际上，是想看看汪家父子手上的真功夫。好在汪家父子不失所望，赶在当年的腊月初，把杨家大小姐所要的精美嫁妆，一件一件做好了。等待杨府里验嫁妆、赏工钱的那天，汪家父子一大早起来，顺便把回程的铺盖收拾停当。日升三竿时，杨老爷带着太太、管家，还有他那宝贝女儿，前呼后拥地来了。汪家父子迎上去，陪在左右。杨老爷无意间看到汪家父子堆在门旁扎好、捆紧的铺盖卷儿，略顿了一下，转身问身后的管家："今儿，是腊月初几？"

管家回话，说："老爷，今儿是腊月初三。"

杨老爷轻"哦"了一声，看似自言自语的样子，说："离过年，还有一阵子嘛。"

随后，杨老爷转到场院，指着眼前那些尚未用完的红木、楠木，以及名贵的板材，有一搭没一搭地跟管家说："叫他们父子别急着回去，再打上两个箱子。"说完，杨老爷手托着"咕嘟嘟"响的水烟袋，转身陪太太、大小姐去了，没再过多地跟汪家父子说什么。

这一来，弄得汪家父子措手不及。杨老爷哪里知道，汪家父子之所以起早贪黑地忙着把杨家大小姐的嫁妆做出来，目的就是想早一点赶回家。年后，汪家也要办喜事哩。

可杨老爷话已说出口，汪家父子又好说什么呢？只好按杨老爷的吩咐去做呗。好在杨老爷后加的这两个箱子，没说尺寸，也没说大小，更没有要求选用什么样的木料。汪家父子合计了一番，不想再去锯木、解板，大动干戈，他们从废木墟中捡起一些下脚料，七凑八凑，好歹糊弄了两个刚好能圈进只狸花猫的一对小木箱，呈给杨老爷时，担心杨老爷不高兴，汪家父子便巧立名目，美其名曰——装金藏银。意思是说，别看这一对箱子小，小姐带到婆家后，用它来装金子、藏银子，寓意着荣华富贵！

杨老爷听了，笑笑，说："这对箱子，是我送给你们父子俩的礼物。既然你们想用它来装金子、藏银子，那就满足你们。"说完，杨老爷吩咐管家，领他们到库房去装满金银，算作工钱、赏钱。

那一刻，汪家父子傻了一般，愣在那儿了。

呜 嗒

呜嗒，是一种鸟。

“呜嗒——”是那种鸟的叫声。

可想而知，呜嗒，因叫声而得名。

呜嗒专食浅水汪中的小鱼小虾，也捉海滩上那种鬼头鬼脑的小沙蟹。呜嗒成双成对，天性乖巧聪明，狩猎时，懂得相互配合，一只立在水塘边贼眼静候，另一只则绅士一般，高抬起长长的红爪，漫步在水塘中驱赶鱼虾。发现可猎食的活物，两翅瞬间展开，嘴巴往水中猛劲儿一啄，准有鲜活的小鱼小虾被它那长长的红嘴夹住。

成年的呜嗒，如小秋鸡子那样大，单腿独立时，缩成毛茸茸的一团，长长的红嘴斜插进翅膀里，通体黧花色。也有黑红色的，很稀少，叫声也不一样。但不管是黑红色的，还是黧花色的，只要是雄性的呜嗒，头顶上都有一朵媚人的红冠。翠绿的芦苇、水草间，看到有红点儿闪动，那就是呜嗒在东张西望，很惹人喜爱。

呜嗒同鸳鸯一样，比翼齐飞。有时，还双双落进大户人家的后花园里觅食筑巢，繁衍后代。

旧时，盐区有钱人家的后花园里，大都与盐河的沟沟汊汊相连，呜嗒们寻找到可觅食的水塘，相互间”呜嗒——呜嗒——”地叫着，飞奔而去。

呜嗒的叫声，是呜嗒们传递信息的言语。

盐区的大人、孩子都会学叫：“呜，嗒！呜，嗒——”

有巧嘴的孩童，学得极像，还能把真的呜嗒呼唤到身边来，奇不?!

烦人的是，呜嗒的叫声太响亮！有时，夜深人静，猛不丁地听它一声“呜嗒——”叫，能把你从美梦中惊醒。

呜嗒在鸣叫时，嘴巴是插在水中的，先出一个“呜”字，待“嗒”字叫开时，它那长长的嘴巴已从水中抽出大半，叫声随之传开，形成“呜嗒——”的悠扬声，远近一样嘹亮！所以，有时听似呜嗒的鸣叫就在窗外，可推窗寻找，它正立在遥远的水塘边。

谢家的后花园里，常年栖息着那种水鸟。

谢家的花园很辽阔，素有盐区“小江南”之美称。

盐区，有“谢家的花园杨家楼，吴三才的盐坨气死牛”之说。

说的是吴三才家的盐太多了，拉盐车的老牛都气死了，你想想看，那该是多少盐。杨家的楼房，也无需多言，肯定是很气派。这里，单说谢家的后花园，那是盐区的一大景致。它巧借盐河一条横贯东西的河汊子，建起水上亭台楼阁，并与园内的假山、流水、拱桥、杨柳连成一体，四季流水潺潺，鱼虾不绝。即便是万物萧瑟的冬季，也有许多候鸟在此园筑巢过冬。

谢家老太爷谢成武，向来爱花爱草爱女人，把个莫大的盐河花园舞弄成江南水乡一般秀美。老人家常把盐区的头面人物，领到此处观鱼赏月，对酒当歌。谢家的公子、大小姐、少奶奶们，也常在此处招待来客。

那园子，极诱人！

一日晚间，谢老太爷在外面喝过酒。午夜进家，余兴未尽，喊上爱妾知春，连同几个家丁，一起到后花园赏月。路过一处小土包时，谢老太爷鼓了一泡尿，松开腰带，拐进旁边的小树林。知春一个人奔前面的假山去了。忽而，听到假山后一声“呜嗒——”叫。

调皮的知春，也跟了一声：“呜，嗒——”

假山后，随之又传来一声：“呜，嗒——”

而且是，声声相近。

突然，假山后跑出一个黑影，上来就去搂抱知春！那知春尖叫一声，顿时吓晕过去。

刹那间，谢老太爷和几个家丁都听到知春的叫声，同时也看到那个黑影，谢老太爷当即大吼一声：

“什么人？”

那黑影闻声而逃。

谢老太爷喊呼左右：“给我拿下！”

说时迟，那时快，几个训练有素的家丁，闪电一般蹿上去，只听“扑通”一声，那个逃跑的“黑影”掉进旁边的河沟里。等丫鬟们打着灯笼，引来谢老太爷到马棚里去审问那个学鸣嗒叫的家伙时，只见是个年轻人，已被家丁们打得昏迷不醒。

那个被捉的年轻人，为何躲在后花园的假山旁学“鸣嗒”叫，已不重要。重要的是，第二天清晨，后楼，绣房里传来噩耗——大小姐谢红，昨夜悬梁自尽了。

玩 玉

大东家吴三才有块玉板，不常戴，常别在身上。

偶尔，东家出入他们商界的“太平会”，或是到县政府里说个啥事情，东家总会半隐半现地把那块玉板戴在手上，或揣在内衣的口袋里。

那时期，富贵人家的老爷、公子哥手上能戴块玉板，不仅仅是富贵的象征，同时也是一种权力和地位的标志。

家中没有个三妻四妾的围护着，不配去戴那种消闲的玩意儿，话再说回来，即使你家中有个三妻四妾，可你整天周旋在焦头烂额的商贾中，也没有那个闲情雅意去玩玉板。

吴老爷就不同啦，他虽是盐区的大东家，可他不问盐区的事。这城里的天成大药房虽然也挂在他的名下，可那是四姨太祖上的家业，他过问的也很少。闲来没事，尽去玩他的纸牌或去戏楼里听戏。所以，大东家的身边是不离玉板的。

那玉板，如同现在都市里贵富女人戴的大耳环，同样是一个圈儿，里外皆圆。可它粗细如同竹筷，可戴在拇指上玩弄，也可以放在一个别致精美的锦盒里随身携带。

上品的玉板，推崇为汉代的和田玉，只因汉代久远，民间流传下来精美极品极少，当时盐河两岸所玩的玉板，大都为盗墓贼所提供。

大东家手上戴的那块玉板，有人说是大太太的陪嫁品；也有人说是当初三姨太从扬州带给他的；还有人说，是大东家出银子，专门托人从宫廷里买出来的。具体是哪里来的，他自己不说，别人也就没法知道。但大东家常戴在手上。比如，大东家出席他们县城大户人家自发组织互卫的太平会时，他要坐上席，很多人都能看到他手上那块非同一般的玉板。有时，大东家还要在那个会上讲两句哩，那样的时候，随着大东家讲话时的手势，大伙儿都能目睹他手戴玉板的风采。

大东家的那块玉板，在盐河两岸，可谓是难得一见的极品。它看似一个环儿，实则是老爷的一个宠物！夏日戴在手上，它有清凉的感觉；冬日里揣在怀里，又与人的体温一样温暖。大东家十分珍爱它。民间传说，玉能保身。这也许是大东家惜玉如身的一个原因吧。

这一天，新上任的伪县令张大头，想敲他大盐东的竹杠，名义上设家宴请东家来吃酒席，其实，就是想讨他大东家的银子。东家明知道这是黄鼠狼给鸡拜年，可那大红的请柬送到他手上了，他也不好说不去呀！

大东家带足了银子，去拜见张大头。

酒宴间，张大头的大姨太和小妾七喜，围其左右敬酒。张大头褪去威武的军装，一身青裤白褂，与大东家论起兄弟长短。

酒过三巡，那个媚眼儿迷人的七喜，想讨大东家的玉板瞧个新奇。大东家自然不会在张大头跟前摆阔，连声说："不敢当，不敢当！"

七喜却捧起酒杯，先敬大东家的酒，目的还是想让大东家把玉板掏出来给大伙儿观赏观赏。

大东家饮酒时，就手摸出一个锦盒，点头说："献丑，献丑！"遂将一鸡血红的灯芯绒铺盒，递到七喜跟前。

那七喜，拈起桌上的一块洁白的绢子，轻擦一双媚人的玉指，打开锦盒的一刹那，传出一声嘘叹："哟——真是名不虚传哩！"遂传至张大头、大姨太和一旁的卫官们观看。

张大头望了一眼，说："好东西，好东西！"便招呼大东家不去管她们，喝酒，喝酒。

回头，等那锦盒再还给东家时，东家拾起来想揣进怀里，可当他把那锦盒捏到手里时，忽而又放在桌边了。大东家从分量上感觉那盒里是空的。

也就是说，那块玉板，在大伙相互传看中没有了，此刻传到他大东家跟前的是一个空盒儿。

大东家知道，这就怪张大头那句"好东西"，引起他的下官或是七喜动了心思。他若是当场开盒，验证盒子里面是空的，这势必给张大头脸上不好看。他作为大东家，也不该那么小气，不该那么不相信人。再者，若是那张大头早有预谋地想掠夺他那块玉板，即使他当场开盒验其空盒，在场的人，谁也不会去承认偷去了他大东家的玉扳，大不了把责任推到他的小妾七喜或是他的下官们身上，惹他张大头发怒一通，也不会再讨回那块玉板了。弄不好，连这顿酒席都要不欢而散。

想到这，大东家仍旧没事人一样举杯论酒，一点没把那玉板不玉板的事放在心上。

酒宴结束时，大东家有些醉了，张大头也喝得高了些。两人相互搀扶着往外走时，大东家的马车迎过来，就在大东家踩上马凳，欲上马车的一刹那，大东家忽而摸了下衣兜，说："哟！我那玉板还在县长大人的桌上。"

张大头看其左右，想让谁去把那个锦盒拿来，大东家却说："算啦，明日，我派人来取！"说完，冲马夫一挥手，说："走！"

隔天，大东家派他的当家丫头兰枝，来取那玉板。张大头及他的太太、小妾们，知道大东家的当家丫头办事认真，也不好送个空盒给她，只好将那个玉板给放到锦盒里了。

打 牌

茶余饭后，打牌。这原来是大东家很乐意的事。

可伪县令张大头和他那个鬼精的小妾七喜，名义上是请他大东家来打牌，实则是专门掏他腰包来了。

他们打的纸牌，窄窄长长的，外行人一看，全是黑乎乎的一片，其实里面根据黑点的形状和黑点的多少，而决定着牌大牌小。并且，每一种黑点形状里有多少张牌，精明的持牌者，可根据桌面上丢下的牌数，能估算出各家手中还有多少。慢慢地玩好了，同样是很有意思的。

比如玩“歇单家”，明明是四个人坐在桌前玩牌，可真正玩牌的就是三个人，另一个人，轮番歇在那儿。别看歇在那儿的人没事干，他可以摆脱当局者迷的圈套，以“相斜头”的方式，独看一家牌，并帮助出谋划策。

这期间，不管对方是否听取他的建议，他都可以从中学到牌技！但“歇家”不能脚踩两头船，看了左边的牌，再去指点右边怎样出牌。那样，是要遭人唾弃的。

可张大头偏偏就是那样的人。一轮到他歇牌，那好啦！他看了左家，再看右家，直到把大伙手中的牌都看透彻了，再去指点七喜，怎样去赌大伙儿的银子。大东家看不惯张大头玩牌的那个德行，可他也没有办法。他盐区上千号盐工打架闹事，还指望他张大头去给平息哩！你不把他张大头玩高兴，他能管你的事吗？只好多赔些银子，讨他个高兴吧。

这天晚上，外面正下着小雨，大东家和四姨太又被张大头和七喜邀来打牌。

一进门，卫兵们递上毛巾，正要给大东家和四姨太擦脸哩，大东家却一抡胳膊，说："打牌打牌！"好像他大东家早就盼着来打牌似的。

七喜、张大头陪其左右，四姨太坐在大东家对面，一副黑乎乎的纸牌，又在他们两双白嫩如玉和两双干枯如枝般的手中抓开了。

大东家手头慢，每抓一张牌，总要伸出两个指头，往舌头上湿湿，朝牌上轻按一下，将牌拖到跟前，再翻开来插在手上。七喜坐在他的下家，有时，也坐在他的上家，总要不停地催他："快点，快点呀！我的大东家。"

不管怎样说，大东家的动作就是那样，想快也快不起来。张大头有时等不及了，也会冒出一句："好歹凑合玩吧！"也就是说，要不是看上他大东家手中有两个银子，他才不去陪他消磨时光。

可这天晚上，大东家和四姨太冒雨赶来，原想是玩个通宵的。可牌一上手，少了两张。各自数手中的牌，还是少两张。

东家指着七喜跟前的牌盒，说："你看看，是不是落在牌盒里了？"

七喜扑闪着一对媚眼儿，一手持牌，一手去抖那牌盒。

结果是，没有。

"这是怎么搞的？"张大头四下里张望，尤其是牌桌底下和牌桌四周。

四姨太因为是"歇家"，她根本没有抓牌。但她就在张大头四处张望的时候，也站起身帮着四下里寻找。

可不管怎样寻找，就是丢了两张牌。丢掉两张牌就不好玩了。

大东家那晚的兴致极好，很想找到牌，两家一起玩个通宵。他始终把刚才牌桌上抓到的牌攥在手里，先是劝大家不要着急，再慢慢找找看。等大伙儿都找不到牌，都很失望时，他又问七喜："还有没有牌啦？不行，重新换一副？"

七喜没说家中没有别的牌了，七喜自言自语地嘀咕说："好好的牌，怎么就丢了两张呢？"

大东家两眼也往地上找，还帮七喜抖桌上的牌盒，结果，就是找不到丢失的那两张牌了。

张大头等得不耐烦了，把手中的牌往桌上一扔，说："算啦，算啦！"

四姨太说："要不派人出去买？"

大东家说："这深更半夜的，外面又下着雨，还是慢慢找找吧。"

张大头被他们找来找去的，早没了牌兴，冷坐在一旁的沙发上，猛不丁地冒出一句："算啦算啦！"随后，招呼一旁的卫官们给大东家上茶。

大东家喝了两口茶，看七喜和四姨太还没有找到牌，张大头的脸色又不是太好看，便起身告辞了。

返回的马车上，四姨太忽而看到大东家从袖口里抖出两张黑乎乎的东西，"嚓，嚓！"撕成八瓣，甩手向车窗外的雨地里一扔，气狠狠地骂了一句："奶奶的！"

捉贼

城里，大东家有一套青砖灰的住宅，前后院落，坐北朝南地守在小盐河边上。远远地就能看到那高高的白墙壁和四角高翘的风铃角儿。

那白墙灰瓦的高房后面，是一个挺大的院子。尽管里面有花草，有四季常青的松柏，但大东家很少去了。那房子，是大东家没娶四姨太之前，专门用来落脚的。

那时间，大东家白天在城里听戏，耍钱，喝茶，夜晚大都要回盐区陪三姨太。赶上阴天下雨，回盐区道儿泥水多，东家不想回去了，就到那房里住个一宿半日，偶尔，三姨太跟来城里看风景，也住在那儿。

如今，大东家又娶了这城里天成大药房的千金做了四姨太，光是那天成大药房的一片宅院都住不过来，哪里还用得着盐河口那房子哟！可时间久了，大东家有意无意的，还要拐到那里去看看。

说是去看看，其实，就是到那儿走一圈。有几回，马车停到院子里，大东家都没有下车，只是吩咐下人去把门窗打开透透气，他躺在马车上迷迷糊糊地睡着了。可大东家每回来，都少不了麻烦马路对面的杨八。

杨八，光棍一个，住在大东家对面的两间小破屋里。先前，他与一个讨饭的、萝卜花眼的女人过活，每天清晨，在门口支个大炉子打朝牌卖。后来，也不知道为一件什么事情，那“萝卜花”被杨八给打跑了。打跑了，那女人就再也没有回头。

如今，杨八一个人过活儿，他就不再打朝牌卖了。每到集日，端顶破帽子，去街头书场帮人家收钱，混几个铜钱度日月。可他每回看到大东家的马车过来时，总是前前后后地围候着。告诉大东家，这段日子，有什么人到府上来过，或是来了几个什么样的人，打听过老爷的去向。再者，就是告诉大东家哪天哪日，什么人家的孩子爬进东家的后花园，采摘了什么花朵或是折断了几根带着红花绿叶的树枝儿。

那样的时候，大东家轻“嗯”一声，就算是知道了。

回头，大东家要走时，扔几个铜钱给他，叮嘱他继续看好家院。

可那杨八得了大东家的银两，并不真心去给东家看门护院，他一有空闲就跑到街上听书去了，根本没把那大东家交代的事放在心上。主要是大东家给他的那几个铜钱确实也太少了。

当然，从大东家的角度讲，他也用不着花大的本钱，专门去雇一个人，去看护那一片空荡荡的住宅。说到底，那家院只是东家的一个落脚的地方，里面除了花草，就是几间空房，没有什么好看守的。

可时间久了，没有人进那家院，门台石缝里的青草都长出小半尺高。窗台上，院子里的石凳上，到处都落满了白乎乎的麻雀屎。更可气的是一些不懂事的孩子，跑到院子里摘瓜果，折树枝，还往大门上抹泥巴哩。等大门铜锁被杨八用根草绳子来代替时，院子里几块值钱的假山石，都被人偷走了。

大东家听到这个结果，并没有在意。但那时间，已近中秋。盐区每年的这个时候，都要在城里购些鸡、鸭、肉、鱼，一时拉不走时，就会暂时放在那房子里。

这天傍晚，大东家又弄来了不少东西。卸车的时候，大东家让人把大门闩上。回头，东家的马车“哗铃哗铃”地走出院子时，尽管门里门外都上了锁，还是赏了几个铜钱给杨八，叮嘱他，这两天，事情多，让他多给长长眼睛！

当晚，杨八因为收了大东家的赏钱，确实也尽心尽职了。几乎是大半夜没有合眼，他一会儿围着东家的宅院转转，一会儿又转转，好像总也不放心似的。大约到后半夜，杨八不知跑到哪儿打瞌睡去了！可偏在那时，东家的院子里，忽而鬼鬼祟祟地摸进来一个人，那人不声不响地把大门上的铜锁拧开，又去拧堂屋门上的铜锁。

进屋后，那人还不紧不慢地划亮一根火柴，想去点亮桌上的油灯时，忽而看到大东家正两手抱在胸前，静坐在桌前的太师椅上。

那家伙扔下手中的火柴，想跑。与此同时，院内的大树上，忽而跳下几个壮汉，把那个贼人堵住。这时，早有准备的大东家，不紧不慢地划亮他手中的火柴，点亮屋里的油灯。

再看那被捉的贼人，不是别人，正是声称给大东家看门的杨八。

大东家早就料到他是个贼，他为了多讨大东家的几个赏钱，制造出一次次家院被盗的假象，大东家不想搭理他，今儿看他实在是闹得有些出格了，这才想个法子整治他。

杨八跪在地上，磕头求饶。

大东家半天无语，静静地看着那杨八。

许久，大东家终于发话了，正告他，今天放他一马。但条件是，从今以后，这个院子里，再少一根草棒子，就把他当晚做贼的事，拿到官府去问罪！

麻木蛋子

盐区人说的麻木蛋子，不是什么物件儿，而是指一个人。

具体一点讲，他是个残疾人，瘸子，而且是个落地瘸子。行动靠两只手握住一对小板凳，一前一后地来回挪。他姓何，大名没人记得了。盐区的妇幼老少，都叫他麻木蛋子。

麻木蛋子，上无爹娘，下无兄弟姐妹，光棍一个，无依无靠，吃百家饭长大的。他自小手不能提，肩不能挑，既不会啥手艺，又没有什么拿人的屁本事。可他就凭“麻木蛋子”这个绰号，叫响了盐河码头，只管吃香的，喝辣的，穿新衣裳。信不？这叫能耐！

在盐区，麻木蛋子的能耐属第一。用他自己的话说，大东家吴三才，都怕他三分。

你想吧，那吴三才是什么人，盐区的头号大盐东。县太爷见了他，都要拱手施礼，竟然怕他一个瘸子，费解了吧？那就瞧瞧下面这个故事——

说的是这一年春节，大雪纷飞。

吴家的老仆人曹六，年初一早晨开门扫雪时，忽而发现大门口的台阶上，坐着一个雪人。老仆人吓了一大跳！心想，这大过年的，有人冻死在东家的大门前了？再瞧，那人还活着，手中攥着两个圆鼓鼓的核桃，正在大东家的门槛上“咕吱咕吱”搓着玩。

曹六从门前雪地上划出的雪痕中，辨出那人是何瘸子。想必，他是来要年的，慌忙去厨房摸来两个肉包子，想打发他走人。

没想到，何瘸子理都不理，仍旧不紧不慢地在东家的大门槛上，来回搓着手中的两个圆滚滚的核桃。

老仆人曹六有些着急了！

今儿是大年初一，家家贺寿拜年，老爷家门前坐着这么一个败兴的主儿，让人多挠心呀！再说，那时间吴家大院里的老爷、太太、小姐、丫头们，老老少少几十口人，已经陆陆续续地起床，前往老爷、太太们的房里磕头、拜年了。这可怎么得了！

老仆人曹六，生怕吴老爷的家人看到门口的这个极不体面的瘸子，放下手中的扫帚，上来就想扯他到一边去。

不料，瘸子急眼了，上来一口，差点把老仆人的手指头给咬下一个。

老仆人抱着血指，“哎哟哎哟”的惊叫声，惊动了院子里玩雪的孩子，也惊动了吴家的管家，以及老爷、太太们。

管家不问青红皂白，上来就猛吓唬一通，要人把那瘸子拖开。可巧，那时刻老东家闻讯赶过来，轻咳一声，止住管家。

老东家走到跟前，很是入神地看何瘸子在门槛上“咕吱咕吱”地搓着手中的玩物。俯下身，极为温和地问他：“你搓的这是什么？”

何瘸子回老东家，说：“麻木蛋子。”

老东家问：“这大过年的，你搓这个干啥？”

何瘸子说：“身上没有棉袍穿，搓这麻木蛋子图个暖和。”

大东家猛一愣神儿，忽然想起来，他曾戏言：过年时，要为何瘸子做一身新棉袍。可那话，是在街口人多的时候，大东家跟他何瘸子说着玩的。而今，时过境迁，大东家早把他说过的话，忘到脑后去了。

没想到，这瘸子却记在心上了。竟然选在年初一，大雪纷飞的早晨，用这种方式，来提醒大东家麻痹大意。

当下，大东家一拍大腿，吩咐管家：“快，去我房里，挑一件最好的棉袍，给他穿上！”

何瘸子穿上大东家“赐”给的新棉袍，身价倍增。逢人便说他那麻木蛋子的故事。

很快，盐区叫响了他那独特的绰号——麻木蛋子。

红绿之间

盐区人，出落一个是一个。做官的当大官，经商的发大财。即便是哪家船女误入歧途，沦落红尘，那一准也是千古名妓。

盐河码头上，随便拉出一个开店的，或是摆地摊的，保准个个都肥得流油。怎么说，也是盐商——盐大头呀，要别的没有，要票子，多得是。

说到票子，问题就来了！这人一有了钱，可不能闲着，总得折腾点事出来。不是盖房子，购盐田，利滚利涨，发家致富，就是看中功名，建学堂，办教育，教导子孙苦读寒窗，光宗耀祖。最不地道的，那就是吃、喝、玩、乐、嫖、卖、赌，把上辈子，甚至是上上一辈子留下的家底儿，一股脑儿地翻腾出来，吃尽，花光，倒腾尽了拉倒。要不，钱留在手里，烧得慌。

但盐区是水陆码头，五色人杂居。各色人花钱的套路各不相同。开店经商的，那叫买卖人。买卖人讲究精打细算，你让他购进卖出，一个钢板，变成三个铜板，豁出血本他都能干。但是，你让他拿着大把的洋钱去下馆、嫖女人，那就要掂量掂量是否划得来了。反过来，那些舍得花大钱嫖洋妞的公子哥，你让他少花两个冤枉钱，娶妻纳妾，安安稳稳地过日子，他才不干哩，那多没劲。这就是各自花钱的套路，也叫学问，深着呐。

盐区里，泰和洋行的大掌柜杨鸿泰，儿子在山东德州做知府，这官可以了吧？不行，小了点。杨老太爷想让儿子把官做到京城去。就像沈万吉家的大公子那样，能到皇上、老佛爷身边去做事，那多体面呀！

可巧，这一年春夏之交，慈禧老佛爷，携光绪皇帝南下，路过盐区。

杨鸿泰事先得到信儿，不惜一切代价，搞来两块稀有的宝石，一红一绿，大小相等，质地一样。红的，如一汪血水；绿的，赛一团胆汁，各自晶莹剔透，美到极致。

据行内人士透露，那两块宝石，来自遥远的西方。据传，是拿破仑的遗产，后经文物贩子转手倒卖流入盐区，价值连城。杨老太爷为儿子官场再创辉煌，休妾当奴，买下了那两件稀世珍宝，并选在慈禧太后来盐区招见盐商时，杨老太爷不失时机地将那宝物献上了。

当时，大太监李莲英在场。

杨老太爷掏出怀中的宝石时，说得轻描淡写。只说他有两块石头要献给皇上、圣母皇太后。

李莲英当即瞥了杨老太爷一眼，心想，老佛爷一路鞍马劳顿来到盐区，就稀罕你两块破石头？真是的。

然而，当杨老太爷打开锦盒，亮出两块光芒四射的宝石时，李莲英的眼睛为之一亮！随之，呈给皇上、皇太后。

皇太后一看，就知道是好东西，捏在手中，对着灯光左右照看，轻轻点头，夸赞说："好，好！"

杨老太爷指明，红的，献给皇上；绿的，献给圣母皇太后。因为，绿色，表明祖母绿。此刻，将绿的献给皇太后，比红的更为珍贵。

杨老太爷这样做，可算是皇上、老佛爷，一个都不得罪。

可他怎么也没有料到，这件好事，办坏了！他小瞧了一个人，谁？谁敢比皇上、皇太后还重要？他就是皇太后身边的那个大太监——李莲英。

李莲英虽说是个奴才，可他是太后身边的红人，成事在他，败事也在他。皇宫里的皇族大臣们，哪个敢小瞧了他？皇上吃不到、得不到的东西，只要皇太后能有的，样样都少不了他的。可今儿，盐区这狗盐商——杨鸿泰，偏偏没把他放在眼里。

这下好啦，小人作怪了。

回到京城以后，皇太后对那块绿宝石爱不释手，正准备让吏部提携杨鸿泰之子进京为官时，李莲英在一旁斜睨着太后手中的那块绿宝石，说："老佛爷，那盐商也怪呢，怎么不给咱们一块红色的呢，难道，老佛爷就不配戴那红色的？"

这句话，一下子戳到慈禧太后的痛处。

早年，慈禧只是咸丰帝的侧妃，不是正宫，咸丰爷限定她，只能穿绿衣，戴绿凤冠。名分上，低了慈安东太后一头。此刻，李莲英又提她不配戴红，正戳到慈禧的心尖子上。

慈禧当场勃然大怒，痛斥了李莲英一番之后，忽而记恨上盐区那个大盐商杨鸿泰。

后来，杨鸿泰在德州做官的儿子，不但没有得到慈禧的提携重用，反而被莫名其妙地贬到新疆伊犁。至死，都没让他回来。

陪 嫁

盐区，大户人家嫁女，身边的丫鬟，也都一同嫁了。

这种陪嫁，无需言表，默认而已。男婚女嫁中，找不到哪家嫁小姐一定要陪嫁女仆的说法。可许多有钱人家嫁闺女时，就那么把小姐爱不释手的女仆一同打发到婆家去了。

接下来的事情，自然是公子喜欢，小姐默许，丫鬟满意，皆大欢喜。

其中的妙处，不外乎小姐用惯了的丫鬟，使唤起来得心应手。再者，丫鬟们跟着小姐多年，相互间有了感情，舍不得分开，陪小姐嫁到陌生的婆家，主仆两人也好做个伴儿。

问题是，小姐易嫁，丫鬟难求。高门大院里的千金，无论脾气好坏，身价高低，只要是到了谈婚论嫁的年岁，孬好都要嫁人。而且，个个都能嫁得出去。可小姐身边的丫鬟，可不是个个都那么体贴、顺从，令主子满意。做丫鬟的都是下人，伺候人的差使，看家的本领是——屈从。

但凡做丫鬟的，都要善于察言观色，见机行事，机敏过人，知道什么时候该说什么，不该说什么；挨训时要俯首帖耳，挨骂时要点头称是。小姐不高兴了，你要跟着不高兴，小姐痛苦时，还要跟着哭眼抹泪，小姐使起性子来，打你骂你挖苦你，你可要耐住性子听好了，不能皱眉撇嘴，露出烦恼的情绪来。否则，让小姐看到你这当丫鬟的，还敢跟主子耍性子，那可就完了，随便找个理由，立马打发你另谋其主，让你有泪蛋蛋往自个儿肚子里流。

这就是丫鬟们干的差使，多难！

可就是这种不是人干的差使，做丫鬟的个个都做得津津乐道，奇不？说透了，道理也简单，那些不善于做丫鬟的，压根就不是做丫鬟的料儿，早早地就被主人打发走了。剩下的，个个都是服服帖帖，有胆有识，有谋有略，能屈能伸的人尖子，自然能把丫鬟这差使做得精到、细致、体贴入微。

十年磨一剑，小姐身边用惯了、摸熟了、理顺了的丫鬟，舍不得分离，这是常事。所以，但凡小姐婚嫁，闺中陪伴她的丫鬟，也都拎上包袱，跟上主子，到婆家那边去享乐荣华富贵去了。

但是，丫鬟陪嫁，非妻非妾，又似妻胜妾。

平日里小姐的衣食住行，样样都是丫鬟伺候着，说得仔细一点，小姐脱下的内衣内裤，都是丫鬟们洗好了，叠整齐，悄悄放到小姐枕边的。这样贴身的女仆，再有几分姿色，让公子动了爱心，那还有什么妻妾之分呢。

盐区，杨府的四少爷，娶来盐河口金家的大小姐为妻时，只因妻不如丫鬟水灵、漂亮，婚后时间不长，杨四少爷便移情别恋，与金小姐身边的丫鬟黏乎到一起了。

这事情，在那个年代，原本是不足为奇的。可谁又料到，金家的大小姐是个醋坛子、醋缸，她生怕四少爷一旦喜欢上她的丫鬟，就会冷落了她。所以，她把身边的丫鬟看得死死的。

做丫鬟的，向来就是奴才命，奴才就要听主子的话。婚前，金小姐是她的主子。婚后，四少爷也是她的主子呀，两边的话，她都要听。对此，那丫鬟拿出了看家的本领——两头打哄。哄着她的新主子、旧主子，各自高兴。

好在，那时间杨家的四少爷不经常在家，他忙于生意场上的事，常往舟山、扬州等地倒腾盐的买卖，两三个月回来一趟，家中的两个喜爱他的女人，就此展开了明争暗抢。

金小姐是主人，只要四少爷一回来，她就限定了丫鬟的自由，不是支开她外出购物，就是打发她回娘家那边去拿个什么物件儿。要么，就是把丫鬟叫到身边，寸步不离地守着，不许她和四少爷来往。

可丫鬟也是女人呀，她也需要男欢女爱。但在金小姐面前，她不能明目张胆地去爱四少爷，她要装作无事人一样，让金小姐放心。夜晚，丫鬟睡在耳房里，听到四少爷起床小解，她就悄悄地跑去跟四少爷亲热一阵。但那样的时间，毕竟太短暂。再说，四少爷也没有那么多尿水“哗啦哗啦”地撒呀。

鬼精的丫鬟，想出一个妙计，她事先准备好一把大壶茶，单等四少爷夜间下床撒尿时，她一边把茶壶里的水“哗啦哗啦”地往马桶里倒，假假地凑出那种男人撒尿的声响，一边与四少爷耳鬓厮磨地亲热。里屋里的金大小姐，听到外面的“撒尿”声，自然不会想到她的男人正与丫鬟黏乎。可久而久之，也就是四少爷夜里起来撒尿的次数见多，而且撒尿的时间越来越长时，那位醋意浓浓的金大小姐，还是起了疑心！

终于有一天，金大小姐找到病根所在，当着丫鬟的面儿，将那把大茶壶摔个粉碎。

秦大少

秦大少，叫全了本该是：秦家大少爷。只因为秦家昔日辉煌已去，这秦家大少爷就变成了——秦大少。其中的一个“爷”字没了，可见其身价也就没了。好在祖上留下的两条南洋船还在他手上玩着。

盐区人说的南洋，并不是地图上标的南沙、西沙、海南岛，而是指远离盐区南面的海洋，大概是指上海吴淞口，或舟山群岛那一带。那里的水温，相对苏北盐区来说，稍高一点。每年春、冬两季，鱼虾来得早，去得迟。

早年，盐区的许多大渔船在本地海域捕不到鱼虾时，就三三两两地组成船队，到南洋一带海域去捕鱼。

盐区，能到南洋捕鱼的三帆船，数得着的就是秦大少手中的两艘大船。

秦家鼎盛时，日进斗金，大小船只几十艘。盐区下南洋、跑北海的船队，每回都少不了秦家的大船。可到了秦大少这一辈，黄鼠狼下小耗子，一代不如一代了。

那个看似白白胖胖、长得富富态态的秦大少，别的能耐没有，典当起家产来，一个赛俩、顶仨！老祖宗给他留下的那点家底子，没等他小白脸上吃出胡须来，就已经差不多水干见底了。后期，那小子迷上了花街柳巷，家道算是彻底败落。好在，祖上留下来的两艘保命的南洋船，秦大少始终留在手上，小日子照样过得有滋有味。

秦大少虽然有船，但他本人不玩船。

秦大少把他的船雇给别人到南洋去捕鱼，他在盐区坐享其成。

每年春季，大多是春节刚过，各地来盐区混穷的汉子，三三两两地夹着铺盖卷儿，在盐河码头上晃荡，等着有钱人家来找他们挖沟、修船，或是到码头上扛大包。秦大少就是在那样的人群中，物色到年纪轻、身板硬、力气大的汉子，领到家中，先问问人家会不会玩船，得到的回答是会，或是还可以。秦大少就酒饭招待。

秦大少会吃，也会做，他把肥膧膧的猪头肉，切成小方块，拌上翠绿的大葱片，浇上姜汁、香醋，撒上盐沫，放在一个黑红的瓷盆里，上下一搅拌，喊一声："爷们，把我床底下的'大麦烧'搬出来！

已经在码头上饿了几天的穷汉子们，一见到秦大少的猪头肉、大麦烧酒，外加香喷喷的麻底饼，一个个甩开腮帮子，大吃大喝一通。

秦大少来回斟酒，递烧饼，笑呵呵，乐颠颠，时不时地也弄一块猪耳干在嘴里"嘎嘣嘎嘣"嚼着。

回头，大伙儿酒足饭饱了，秦大少丢上一副黑乎乎的小纸牌，神仙一般，优哉游哉地让大伙陪他摸两把。

那纸牌，秦大少不知摸过多少回了，窄窄长长的，猛一看，黑乎乎的一片，仔细辨认，好多牌都有了残角卷边，有的，还在背面掐了指印子。

那些，都是秦大少爷摸牌的"彩头"。

秦大少哄着那些初来乍到的异乡汉子："来吧来吧，摸两把，输赢都没有关系。"等大伙儿真的跟他坐上牌桌，秦大少就会从茶桌底下，拿出他早就准备好的纸和笔，晃动着一双白胖胖的大手，指指点点地说："记账，记账，待你们南洋归来，统一算清。"

那样的时刻，能坚持跟秦大少玩牌的人，大都酒劲上来了，晕晕乎乎的只想打瞌睡，顾及不到秦大少在牌上做了手脚，一个个迷迷糊糊地全都输给了秦大少。

秦大少呢，一边摸牌，一边安慰输牌的汉子："没得关系，没得关系的，到了南洋，你们好好捉鱼网虾，几天就捞回来了。"

说这话的时候，秦大少往往是食指蘸着口水，玩得正起劲儿。可陪他玩牌的人，谁也没有料到，这是秦大少用人的一个计谋。

你想想，牌桌上输了钱的汉子，跟船到了南洋之后，回想起自己在秦大少家吃的那顿肉菜酒饭，牌桌上迷迷糊糊输掉的冤枉钱，哪个不咬紧牙根，拼命地下网捉鱼虾，好把输掉的钱捞回来？这正好是秦大少抽取“油头”时所盼望的；而少数赢钱的汉子，大都是船上的掌舵人，想到秦大少还欠着他们的银子，无论大船开到天涯海角，也要想着返回盐区，找秦大少讨回银子呀。这又是秦大少放船给人家的一个抓手。

所以，每年秦大少雇用船工时，必须先领到家中吃一顿丰盛的肉菜，喝一场醉生梦死的老酒，玩几把众人皆醉我独醒的纸牌。

那样，一旦大船从南洋归来，秦大少搬出账本，三下五去二地扣掉船工们输给他的饷银，舒舒坦坦地过一段好日子。待下一次大船下南洋时，他再变本加厉，重蹈旧辙。

直到有一年，秦大少那两艘下南洋的大船一去不复返了，秦大少这才恍然大悟：纸牌玩大了——那帮王八蛋串通一气，驾船跑了。

“他奶奶的！”

玩画

秦大少玩画，已经是秦家败落的后期。

那时间，秦大少是“卖布的掉了剪刀，只剩下了尺（吃）了”。每顿饭，只要能烫上四两“大麦烧”，口中嚼到“嘎嘣嘎嘣”脆的猪耳干，他就找回当年大少爷的派头了。说话，嗓门高了；走道，两边摇晃了！见人，还爱答不理的。怎么说，他也是秦家的大少爷。

盐河码头上，也正是因为有了秦大少爷这样落魄的富家子弟，才显出盐区的灿烂辉煌与文化底蕴的深沉厚重。各地来盐区的商家以及文人墨客们，谁敢小瞧盐区这地方?

异乡来盐区的人，用不着去猜测那鳞次栉比的吊角楼几经沧桑，就瞧沿街店铺的招牌、幌子，看似龙飞凤舞，张牙舞爪，细辨落款，吓你一跳！哪个不是当今走红的大文豪所题，或已故的大家、名家留下的墨宝?

今日，说一处盐河人家的小酒馆。只因为店内押着秦大少的一幅古画，蓬荜生辉了。一位异乡雅士来此打尖，猛然间看到那幅“一江一翁一轻舟”的画面，顿时就愣在那儿了，那人凝视良久，慢慢放下酒杯，木呆呆地喊来店家曹老六，问:“此画从何而来，是否出售？”

老六目不识丁，凡事，听他女人曹氏的。但他知道那幅画，是秦大少欠下饭菜款，拿来抵债的，如同自家的画一样，若能卖个好价钱，当然好喽！所以，客人问起那幅画的价钱，曹老六赔了个笑脸，回到内堂，如此这般地说给他那位略通文墨的曹氏。

曹氏早已注意到那位雅士，并从他点的那几盘极佳的菜肴上，看出此人身份不一般。此番，老六谈起那人欲购此画，曹氏心中暗喜！撩开帘子，张望了一眼，吩咐老六："请他到内堂来。"

老六领来那位客官，递一杯热茶，很快又退出去，他深信夫人应酬算计远胜于自己。

果然，那位客官落座之后，女店主避重就轻，并未急着谈画，而是笑问客官何处来，又要到何处去。当她得知那位客官是头一回来盐区时，曹氏嘘叹一声，说："哟！那可要好好玩玩，我们盐区大得很，也好玩得很！如谢家的花园杨家的楼，都是很有些玩头的。"

曹氏绕了一大圈子，最后才提到晚清时，盐区曾出过一位高官，这也是夫人要卖此画的一个砝码。

那位客官把话接过去，说："夫人说的是沈达霖吧？"

曹氏笑笑说："你看中的那幅画，就出自沈家。"曹氏的话，就是要告诉对方，那幅画，来历不凡。

对方自然知道夫人话中的意思，沉默半天，说："出个价吧？"

曹氏窥视到对方购画心切，料定他是买家。可曹氏平素不懂画，更不知道那幅画的真实价钱。但曹氏毕竟是生意场上的人，她含笑不语，问对方："客官独具慧眼相中此画，不妨先报个价？"

对方说："买卖历来是卖主定价，从无买家出价之理。"

曹氏说："今日有所不同，客官欲购我的画，不是我求客官买我的画，先出个价，有何不妥？"

客人从曹氏那平静、俊俏的脸上，看出眼前这个女人气度不凡，且精明老道，凝眉静思一会儿，开口报价："八百两？"

曹氏一惊！原认为能卖上三五十两银子，就是天价了。没想到这位客官开口就是八百两。

曹氏暗中思忖，对方是买家，肯定也是行家！既然他一口报出八百两银子，此画的实际价格，只在其上，不在其下。曹氏漫不经心地冲对方笑笑，说："客官，不瞒你说，若按你给的这个价。这幅画，早就不在此店了。"

对方说："你说多少？"

此时，曹氏不好再推辞了，她思量再三，食指与拇指，拉成一个“八”字，随之上下翻了一个跟头，示意给对方：两个八百两。

对方摇头，表示不能接受。

曹氏不依，手中的“八”字亮在半空，半天没有收回。

对方双臂抱在胸前，木木地看着曹氏，面无表情地又伸出两个指头，说：“夫人，我再加二百两！”并告诉曹氏，这已经是满价了。

曹氏心中早已经满意，可此时，她还想让对方再加加码，轻摇着头，说：“客官，你若真有诚意，请再加三百两！”

对方没再说啥，默默地从怀里掏出一锭白银，猛一下推到曹氏面前，说：“就按夫人说的价，这是定金。”随后，嘱咐曹氏：“请夫人先帮我把此画收好，两个月后，待我从南洋回来，一手付足银子，一手取画。”

曹氏默许。

客官嘱托再三而去。

此画，看似成交，其实不然。那位客官并非真来购画者。他是盐区秦大少异乡请来的“托”。

原因是，秦大少欠盐河人家酒馆的银子太多，已经到了不再为他押画赊账的地步。秦大少不得已而为之。不过，此举，效果蛮好！之后两个月，秦大少每回去那家酒馆白吃白喝，曹氏夫妻都笑脸相迎。

诱　画

盐区，沈万吉的大儿子沈达霖，在京城做官时，盐区老家有位同窗好友千里迢迢找到他。此人姓郝，名逸之，沈达霖少年时的伙伴。他乡遇故知，异常高兴！沈达霖酒饭款待几日，自然要问他来京的意图。

逸之说："家乡那片盐碱地，不是咱文化人呆的地方！"言外之意，他想在沈先生门下，谋点事情。

当时，沈达霖是邮传部的大臣，相当于现在邮电部、铁道部里的高级领导，手下管着不少事情。郝逸之也正是看中他手里的权力，才奔到他的门下。

沈达霖明白了，心想，此人是为了生计，赏他些金银，回去养家糊口，倒也无妨，只是给他多少才算合适呢？少了，不够他来回路途的盘缠；多了，他沈达霖可是京官呀，出手过于大方了，是否有贪赃之嫌？

想到此，沈达霖给郝逸之出了个主意，说："这样吧，逸之兄，京城这地方，是天子脚下，容不得半点差错。你到天津去吧，天津与京城唇齿相连，你到那边去谋点事情做做。"

郝逸之一听，很高兴！认为沈达霖要安排他到天津去做官。可再听下文，郝逸之心凉了半截！原来，沈达霖是鼓动他到天津卫去开一片小画店。

在沈达霖的印象里，少年时的郝逸之，水彩画画得相当好。

天津卫是北京的门户，码头地儿，养武士，也养文人，可谓是三教九流齐全的地段儿。但凡是买卖人，在此地拣块乱石头都能换来金钱。沈达霖劝郝逸之，拿出当初十年寒窗练就的笔墨功夫，到天津后，好好作画，不愁没有饭吃。

沈达霖鼓励郝逸之说："自古以来，有人画竹，有人画马，咱们盐河边上的人，就画盐河两岸的垂柳、渔船。没准，这玩艺在天津卫还能走俏呢！"

郝逸之原认为沈达霖凭他官场显赫的身份，能为他在京城谋个一官半职。没料到，沈达霖给他当头泼来一盆冷水，一脚把他踹得远远的，让他到天津卫去开画店。

天津是什么地方？水碱土咸，能人如林！他郝逸之那两下子，能在天津卫那码头地儿立住脚，见鬼去吧！

当晚，郝逸之回到住处，半宿没睡，第二天一大早，正想收拾行李，回盐区老家。沈达霖却派人送来一封亲笔信，让他如此这般地到天津去找某某某。

接下来，沈达霖还派人陪同郝逸之到天津卫张罗画店开业的事，并亲自题写了"郝逸之书画斋"的铜匾招牌，让郝逸之在天津静心作画。沈达霖在书信中告诫郝逸之，说："书画这玩意，如同玩古玩是一个道理，没准是三年不开张，开张吃三年！劝他务必耐住性子，慢慢来。"

还好，画室开张不久，就有人找到郝先生的画店来，看中了郝先生画的《盐河小渔船》。

这下，可把郝先生乐坏了！沈达霖知道后，也为郝先生的书画有销路而高兴。但他一再叮嘱郝先生不要急于求成，要力争把每一幅盐河画画好，为咱盐河人争点名气！

郝先生备受鼓舞，尽管这以后的书画数量并不是太多，但每一幅，确实都画得很用功，而且，每一幅画都卖出了好价钱。

大约半年之后，郝先生的腰包鼓起来了，他想扩大一下门面，再招几个学徒。期间，他回了一趟盐区老家，把妻子、老母亲一起接到天津卫，画室里的两间门面房，显然是不够住了。

郝先生二度进京，找到沈达霖，想在天津卫最热闹、最繁华的地段，买一处门面楼，他想把眼下的书画店，改成书画院，或书画学堂。

沈达霖听了，当即竖起大拇指，夸赞说："好！这才够咱们盐区人的大气派。"

郝先生从中也感悟到，他虽为落魄的穷秀才，可自从投奔到他沈达霖的门下，为他指点迷津，他才真正找回人生的价值！现如今，他能以《盐河小渔船》

走红天津卫，将来，就不愁他的《盐河小渔船》红遍紫禁城。

沈达霖看郝逸之踌躇满志的样子，慢条斯理地问他："这小半年，你到天津卫以后，前前后后，陆陆续续，一共卖出了多少字画？手头积攒下了多少银子？怎么敢如此兴师动众，想在天津卫买洋楼、建画院呢？"

郝先生在沈达霖面前自然不说假话，如实报出一串数字之后，沈达霖点点头，二话没说，拍拍郝先生的肩膀，领他走进他的卧室，指着墙角一大堆尚未开封的画轴，说："你看看那里面的画如何？"

至此，尚闷在鼓里的郝逸之，一连打开十几幅画轴，每一幅都是他的《盐河小渔船》。

沈达霖告诉郝先生，天津卫，乃至北京城里的官员们，都知道他沈达霖喜欢他郝先生画的盐河画。所以，但凡是有求于他办事的人，都不惜重金，购来他郝逸之的盐河风景画。

郝先生一听，半天无话。

当天，郝先生回去以后，连夜收拾家当，悄无声息地离开了天津。

蚊刑

做官不要家乡人。

而盐区人做官，必有家乡人。

怎么的？一则，盐区产盐销盐，民以食为天，老百姓开门七件事，柴、米、油、盐、酱、醋、茶，这盐在其中，普天下，谁能与盐断了关系？其二，盐河码头，通江达海连九州，盐区人以盐为媒，把盐的生意做到天涯海角，可谓满天下都少不了盐区人。第三点更值得盐区人骄傲！盐河码头，商贸繁荣，商贾大户多，有钱人多，读书人多，做官的自然就多。历年童试乡试，以至进京殿试时，哥俩携手登科、爷孙同场应试的场面，屡见不鲜。所以，盐区人同地执政，同朝为官，常事！

晚清时，盐区来广西做官的两位同乡，并非上面所说的种种。他们不是官场同僚，而是一主一仆，一老一少。

主人谢辰年，盐区谢家的大公子，进京会试，榜上有名，本该留在翰林院等缺，待机会成熟，做个州府道台或在京城为官，只因朝中有盐区来的高官与谢家世代为敌，暗中做了手脚，发配流放一般，打发他到广西凌云，去做一个小小的七品知县。

老仆人相二，谢家的奴才，人不出众，相貌平平，葫芦头，蛤蟆嘴，一对圆鼓鼓的青蛙眼，恰似一对镶嵌在鼻梁两侧的黑灯笼，活灵活现地转动着。此人，在谢家为仆为奴几十年，憨厚勤快，颇受谢家老少几代人的信赖。又因为长得丑，五十有几了，仍是光棍一个。

此番，谢家老太爷打发相二陪大少爷一起赴广西。一是看他无牵无挂，能够死心塌地扶持大少爷在千里之外为官。再者，大少爷头一回离家这么远，难免会有思念家乡的时候，让老仆人陪在身边，也算是个伴儿。

岂不知，这相二，在谢家为奴时，与谢家的厨娘胡嫂暗中有一腿。谢家老太爷打发他陪大少爷一起赴广西，相二虽然舍不得离开胡嫂，可他是谢家的奴才，老太爷那样安排了，他只有强装笑脸的份儿，心中再不情愿，也不敢说出半个“不”字。

但是，这老仆人陪少东家，一路跋山涉水，来到广西凌云之后，面对那片穷山恶水，大少爷踌躇满志，想干一番事业，可那个老仆人相二，却熬不住那举目无亲的寂寞。他昼夜思念胡嫂，先是装病，说他水土不服，卧床不起，想等大少爷开口，放他回盐区去。后期，看大少爷没有放他走的意思，竟然私藏银两，并以大少爷的名义，去敲诈当地的豪门大户，企图有朝一日，回到故乡，与胡嫂老来为伴。

不久，事情败露。大少爷怒不可遏！定罪论处，相二死有余辜！

可大少爷想到他千里迢迢跟随到这荒无人烟的凌云，吃尽了千辛万苦；再者，那相二在他们老谢家当牛做马几十年，可谓任劳任怨，忠心耿耿！大少爷不忍心杀他。可大堂之上，允不得儿女情长！大少爷惊堂木一擂，大吼一声：“大胆相二，你可知罪？”

相二磕头如捣蒜，明知自己必死无疑，可他，死到临头了，又向主子提出一个请求，让他死到盐区去。

大少爷思量再三，答应了他，当即拍板定案，发配他到盐区海州湾的奶奶山上喂蚊子去。

奶奶山，盐区人称之为太阳山，即太阳升起的地方。实则是一座四面环海的孤岛。大少爷给相二定了死罪，又想满足他本人提出“死在盐区”的请求，就变了个招数，发配他到此岛去了此余生。

次日，两位衙役，押上死囚相二，前往千里之外的盐区执行蚊刑。途中的艰辛，不必细说。

这里，单说相二被押到盐区以后，两位异地而来的衙役，乘一叶小船，押着相二，前往大海中的孤岛——奶奶山上送相二去执行蚊刑。

在接近那巨浪滔天的奶奶山时，两位衙役忽而看到遮天蔽日的海鸥，盘旋在海岛的山崖礁石间，误认为那就是县太爷所说的海蚊子，个大如鸟，啼鸣如鹰，惊恐之中，两位衙役慌忙把相二推下海岛，抱头逃窜。

相二，戴着枷锁，爬上海岛之后，尽管他知道那满天翻飞的海鸥吃不了他，可此时，他身无分文，即使活下来，又有何脸面去见胡嫂呢？但相二万万没有料到，当他在岩石间撞开枷锁时，就听“叮当”两声脆响，枷锁中滚落下两块鸭蛋似的金元宝。

这可是大少爷费尽心机送给他的！你想想，从广西到江苏的黄海边，路途遥远，土匪四起，若不是采取这样的法子，有多少财宝，也被人劫去。

当下，相二捧着那两块金灿灿的元宝，声泪俱下，大声高呼：“少东家，恩人呀，我相二对不住你。”

状元坟

盐区没出过状元。

但盐区却有状元坟。而且，不是一座。奇了吧？敢情盐区这地方还是什么风水宝地不成？差矣！盐区就是盐区，四野一片白茫茫的盐滩、盐田、盐碱地，大风吹来，遍地盐硝四起，如烟似雾，漫天狂舞，可谓兔子都不屙屎的地方，却偏有状元坟在此地耸立！

盐区志记载，当年，泰和洋行大掌柜杨鸿泰家的小儿子杨世保，自幼习武，力大无穷，十二岁时，能扳开牯牛顶角；十七岁县级童试中武秀才，二十一岁到江宁府参加乡试，坐上武举人的头把交椅。

常言说："文无第一，武没第二。"天下文人，谁敢说谁比谁的文章写得好？可这武字行里，不讲文人的那些酸文臭理，比的是硬拳头，真功夫！是骡子是马，拉出来遛遛，少则三拳两脚，多则三五个回合，自然就见分晓了。谁的力气大，功夫深，拳头硬，谁就是英雄，谁就披红戴花，站在高处，迎来喝彩；谁被打趴下了，谁就是草包熊包，没能耐，靠边凉快去。

杨鸿泰的小儿子杨世保，得了武举人的殊荣，再次回到盐区来，整个盐区都沸腾了！那还了得！武举人，莫大的江宁地盘上数第一。而且是有第一，没第二，第三差着十万八千里。荣耀，自豪，整个盐区人，都跟着长了脸面！

杨家老太爷在盐区的地位，陡然间高抬了八个帽头！州府县衙里的红顶官人们，全都备着丰厚的彩礼前来道贺。杨家大院里，连续三天，张灯结彩，大摆宴席，宴请八方来客，好不热闹！

按理说，杨家人有了如此高的荣誉、地位，该满足了。不行！人往高处走，水往低处流。得了武举人的杨世保，更加憋足了劲儿，想去摘取天子手中那顶更加耀眼夺目的桂冠——武状元。

功夫不负有心人。三年后，天下武举进京会试，杨世保一路棍棒刀枪比下来，场场都拿了头彩。最后一关，皇上亲临武场——定状元。

那场面，惊心动魄，别出心裁。

待选的武状元，和官方签过生死状后，与一只几天都没进食的猛虎，同时放进一个四面可以围观的池子里，彼此展开生死搏斗！能与老虎斗智斗勇，并以你的高强武艺，将老虎制服，或当场打死老虎，你就是当之无愧的武状元。如果，你在那场人虎斗中，伤筋断骨，或葬身虎口，朝廷发给你和你的家人一笔丰厚的抚恤金，也就无状元可谈了。

这正是“武没第二”的残酷所在。

杨世保，自小生长在盐区，从未见过野性十足的豺狼虎豹，定状元的那场人虎斗中，他只凭着一身胆气和过硬的武功与老虎硬拼。结果是，一个闪身没有把握好，反而被凶猛的老虎双掌扑倒。

次日，“八百里加急”送至盐区——传杨家人进京领尸。

顷刻间，杨家大院，一片哭嚎。一直在家静候佳音的杨老太爷，没料到等来的却是儿子葬身虎口的噩耗。大悲之后，杨老太爷决定厚葬这个曾经为杨家带来荣耀和辉煌的小儿子。

那时间，杨家正是事业旺盛时期。黄海边，上百里海岸线上，都有他们杨家的盐田和泰和洋行的分店，可谓富甲一方！再加上儿子为定状元而死，官府发给一笔数目不小的饷银，杨老太爷在进京搬尸时，沿途安排家丁，在一溜沿海，挖下多处墓穴，以防厚葬后，遭盗墓贼挖掘。

数日后，也就是杨老太爷将儿子的尸骨搬出京城，前后抬出七七四十九口规格、颜色、大小统一的厚厚棺材，沿途依次安葬时，动用骡马运土，堆至山包一般。而且，七七四十九个坟包，全都一模一样。具体哪一座坟包中葬着武状元的尸骨，只有杨老太爷一个人知道。

遗憾的是，杨老太爷指挥人葬完七七四十九个坟包后，因过度劳累和悲伤，回到盐区，没等说出坟包的真相，暴病而死。

至今，谁也不知道当年的武状元到底葬在何处。盐区，虽有座坟包称之“状元坟”，十之八九，里面是空的。

跑 鲜

跑鲜，叫全了，应该是跑海鲜。

盐河码头上，鱼多、虾多、蟹多、海狗鱼儿多。跑海鲜一说，泛指渔船靠岸后，那些倒腾鱼虾的小商小贩。可这词儿，到了菜农汪福的嘴里，偏偏就给省去了一个字——跑鲜。

追其原因，汪福不卖鱼虾，卖菜。他没有资格称之跑海鲜，可他篮子里的青菜瓜果，又与码头上的鲜鱼活虾一样图个新鲜气儿。所以，汪福把跑海鲜借过来，便成了跑鲜。

汪福跑鲜，与一般挑担、摆地摊的菜农不同，他不摆地摊，不开铺子，也不挥汗如雨地挑着青菜萝卜走街串巷。汪福就凭手中一个紫荆篮子，拎点四时八节极为新鲜的瓜果桃梨，或市面上尚未露面的紫葡萄、红樱桃、白香杏之类的稀罕物儿，专奔盐区的大宅门。

盐区，有数的几户高门大院，尤其像吴三才那样的大盐商，看门的都认识他，院子里的狗见到他，都直摇尾巴。

每天清早，汪福在紫荆篮边插一把乌杆油亮的小盘秤，冒一头热汗，奔一户大宅门，轻拍一下虎头门环，里面问一声："谁？"

汪福不说他是汪福，汪福说："跑鲜的！"

里面的人立马就明白了，是那个白白胖胖的小老头汪福来了，"吱吱呀呀"为他打开大门。

这时刻，汪福的篮子里，若是一把一把翠绿的小青菜，或是带着泥质的鲜菱、莲花藕，他便堆着满脸歉意的笑，跟开门的人说一声："打扰！"随后挽着篮子，奔后面的厨房，找厨子过了秤，论个价儿，也就罢了。倘若今日篮子里有黄如龙袍似的麦黄杏、鸭蛋梨，或前头带花、中间带刺的嫩黄瓜，或歪嘴的"一线红"水蜜桃，先让看门的抓两个，而后，直奔后院老爷、太太的窗下，喊一声："刚下枝的麦黄杏——？"或"带花长刺的脆黄瓜——？"

窗子里的主人，有时掀开帘子张一眼，有时看都不看，隔着帘子，说："来五斤。"或"都放下吧！"

那样的时候，无需谈斤论价，老爷、太太随便赏一点，都要高出外面市价几倍的价钱。有时，就那么几个脆生生的小水萝卜，或几只市面上尚未看价的香菱角，只要老爷、太太吃得可口，吃得欢心，所给的散金碎银，比三车萝卜、五车茄子都要金贵。

盐区的大户人家，要别的没有，就是有钱！只要你有法子给那大宅门里的老爷、太太、姨太们找来乐子，赏你个金盆玉碗都不在话下。

汪福呢，正是奔着人家的欢心而来！他把盐区大宅门里的老爷、太太、少爷、大小姐们的口味都摸透了！什么时节，哪家太太、小姐喜爱吃什么，不爱吃什么，他熟记在心中。抢在四时之先，送来瓜果桃梨，鲜菱荷藕。外面还没有的，他篮子里拎来了，老爷、太太正想吃的，掀开他的篮子，有了。而且，那汪福送来的瓜果，个大、好看、没有疤痕、没有虫眼，破皮的、挤筐的、变色的，他一概不往大宅门里送。

这是汪福忠诚的一面，也是他细心的一面。大宅门里的老爷、太太们都是尊贵之人，他们能吃坏果子、烂梨子？真是的！汪福那样做是对的，大宅门里的老爷太太都信赖他。盐区不少深居简出的太太、姨太们，全是看到汪福送来的新鲜瓜果，才想起现在外面是什么季节的。

汪福在盐区几家大宅门里混熟了，爱吃零嘴的阔姨太、大小姐们，看到什么季节来了，就会念叨："该有瓜，有桃，有香白杏了！"过不了几天，那汪福果然就喜滋滋地给你拎来了。

汪福说，他家有九亩山林，五亩菜田，还有一湾长满鲜菱、莲蓬、花下藕的河汊子。一年四季，无论是树上的果，还是田里的菜，样样都给老爷、太太们预备着！

所以，汪福送来的青菜瓜果，都很新鲜的，都是他自家的。即使街面上见到的瓜果汪福尚未送来，过不了两三天，他保准就会送来的。

大盐东吴三才，曾跟家里人说："汪福那人很忠厚！"言外之意，汪福送来的青菜瓜果，能收下，尽量收下，别再难为他四处乱跑了。

吴家上下，听老爷的话，从来都没难为过汪福。

这一年，临近春节，大东家吴三才在城里听戏时，有人送他几瓶"盐河烧"，吴老爷不太爱喝那种品牌的酒。回盐区的途中，大东家忽然想起汪福来，一时兴起，告诉马夫："去汪福家看看！"

吴老爷没直说，那两瓶"盐河烧"他不想喝，顺道送给他汪福吧，那个矮胖胖的小老头，一年到头往他家送瓜果，也不容易。

不料，这一看，看出漏洞来了。

那汪福，哪里是什么菜农哟？他的能耐大着呐！早已成了当地的土财主。家中新盖了一大片瓦屋房舍不说，还娶着两三房花朵一样的姨太太。他之所以装扮成跑鲜的菜农，混入盐区的大宅门，那是他感化、诱骗大盐商的一条发财之道。

船　家

盐河里船家有两种：一是以船为家，老少几代人，吃喝拉撒睡都在船上，他们风里来雨里去，常年漂泊在盐河及盐河口的近海里捕鱼捉虾，只因为渔船是自家的，所捕获的鱼虾，无需给他人交份子，捕一个，得一个，捕两个，得一对儿。另一种船家，则是盐河码头上叫得响、玩得转、耍得开的商贾大户们，他们自家有船，但自家人不玩船，船只租出去，只管坐享其成。那样的船家，才算得上是真正的船家。

傅浩迟就是那样的甩手船家，家中九条跑南洋的大船，都不在他的名下。可他们傅家上下几十口人，吃的、喝的、玩的，老老少少，穿金戴银，样样都是那九条大船供给的。傅家，在盐区看得见的产业，就是盐河口的傅家船坞。

所谓船坞，就是修补船只的地方。用当今的话说叫“造船厂”。但那时间，傅家船坞里只修船，不造船。每年春秋两季，傅家跑南洋的大船进港以后，直接开进他们傅家的船坞。

船坞里的能工巧匠们，给远航来的船只上糊、打捻、堵漏、换板，最后再上油、刷漆，将开进船坞来的船，修得新船一般。

傅浩迟把他的船坞称之为大后方。这是傅浩迟的精明之举，也是养船人家必备的。你想嘛，他傅家有那么多大船，倘若没有自家的船坞，船上修个扶手，换块板子，堵个舱眼，都要去求木工找匠人，一则是麻烦，再者是那笔数目可观的费用，可要白白地流入外人腰包。

傅浩迟请来南洋有名的木匠，外号“大铜锤”、“小铜锤”俩兄弟，在他的船坞里做大师傅、二师傅。名声传出去以后，南来北往的船只，只要在盐河码头上停靠的，都要来傅家船坞请大师傅或二师傅到船上去修修补补，他们兄弟俩各领着一班人马。至于，他们的丰厚待遇，傅浩迟有言在先，他傅家人吃肉，不叫他们兄弟喝汤。每年的薪水，年底一次结清，也可以放在船坞里利滚利涨。

这一年，秋风乍起，傅浩迟一场伤寒过后，先是卧床不起，紧接着汤水不进，等到家里人把傅浩迟唯一的宝贝儿子傅小迟从县城的赌局里找来时，老东家傅浩迟已经两眼发呆，无力言辞了。临终时，傅浩迟紧瞪着两只吓人的大眼睛，告诫儿子："去手，持家。"

去手，是劝儿子戒赌。傅浩迟料定，要想让儿子傅小迟戒赌，除非是砍断他的双手，否则，只怕是没有救了！

傅浩迟在盐河码头上摸爬滚打了一辈子，中年事业有成时，喜得了傅小迟这么个宝贝儿子，自小对他放纵了管教，等儿子的个头窜上来，想教他勤俭持家的能耐，晚了！那小子染上了不少的坏毛病。其中，最头痛的就是赌。为此，傅浩迟动用家法，打过，骂过，无济于事。

刚开始，傅小迟还知道顶嘴。后来，干脆用沉默来抵抗父亲的棍棒拳头。傅浩迟知道完了，无可救药了。

酒桌上，傅浩迟不止一次地抹着泪水，跟两位南洋来的兄弟说出掏心窝子的话："我这个家，迟早要毁在那个败家子手里。"

果然，傅浩迟死后不久，傅小迟耐不住手痒，几次到船坞来找两位南洋大师傅，想把他们平时修船、补船的那点散金碎银抠去玩赌，两位南洋兄弟拿出老东家临终时的遗训来教导他，傅小迟不听。人家一来气，干脆，撂摊子，走人。

那时间，傅家跑南洋的船队尚未回来，家中的积蓄为老东家大办丧事，花费已空，两位南洋兄弟，合起伙来，要一次结清他们放在傅家利滚利涨的几年薪水。少东家百般挽留，可人家去意已定。

无奈何，少东家典当掉九间西屋，打发走了两位南洋兄弟。可回过头来再盘家底，不禁又是一头冷汗！父亲留给他的财产，除了九条漂泊在南洋的大船尚未回来，就是一册支不付出的债本。大家庭里，每日的开销，已经到了捉襟见肘的地步。尤其是两位南洋大师傅罢工以后，整个船坞陷入瘫痪，船坞里好多木工，一看领头的走了，也都纷纷讨工钱走人。

末了，一个响当当的傅家船坞，不得不关门谢客。紧接着，与傅家船坞有关的债主，纷纷上门讨要木料钱、铜油钱、铁钉款。更为釜底抽薪的是，傅家下南洋的船队，听说少东家不理家务，当年，以没有捕到鱼虾为幌子，竟然漂在南洋，不回来了。

少东家在困境中度日月。这时间，他已经没有心思进赌场了，整天面对一个摇摇欲坠的大家庭，抓耳挠腮！先是辞掉部分闲杂的家仆，并用那笔节省下来的薪水，重新聘来木工大师傅，一板一钉地拾当起父亲传给他的傅家船坞，紧接着又把临街的几间青砖灰瓦的旧房，改头换面，办起了一家杂货铺。等到他手头一天天好转时，当年罢工不干的两位南洋大师傅，领着傅家船队，打南洋浩浩荡荡地开回盐区。

直到这时，少东家才晓得，两位南洋兄弟，当初并非真是罢工不干了。而是遵照老东家的嘱托，到南洋去跟着船队做事。老东家临终时料定，只有这样，才能给少东家布下一个再创家业的机会。否则，倘若让那个小子一味地躺在老子的家业上坐吃山空，或许就没有傅家兴旺发达的今天。

船　贼

船贼，特指在船上做贼。

但船贼，并非是遭世人唾弃的“三只手”。船贼，不翻墙入院，不溜门撬锁，不做割人钱包、掏人口袋的伤天害理事。船贼，只在船上特定的环境下，做些羞于见人的勾当而已，算不上真正的贼。其作案方式也很特别：贼吃，贼喝，贼拿。

贼吃贼喝，很好理解，也很值得同情。盐河码头上，但凡上船的渔夫，都是给东家卖苦力的穷汉子。他们为养家糊口，拿自己的小命去“打水漂”儿，随东家的一艘陈年旧船，漂到海上去捕鱼捉虾，没准一个狂风黑浪扑来，就船毁人亡，葬身鱼腹了，吃点喝点，又算得了什么。

所以，那些船工汉子们，一脚从陆地踏上甲板，就等于把自己的性命交给龙王爷了，是死是活，听天由命。但他们活一天算一天，在海上捕获到鲜鱼活虾，可得敞开胃口吃个肚儿圆。要不，死后还是饿死鬼，太亏了！又因为船主大都贪生怕死不跟在船上，船夫们在船上所吃的鲜鱼活虾，岸上人拿金钱都难以买到。比如海洋大对虾，有钱人家的大小姐、阔太太，还需按人头，数着个儿吃。可在海上船夫看来，如同吃大盆里的胡萝卜一般，尽管放开肚皮吃个够。而且吃过了，嘴巴一抹，还不认账了。这算是典型的贼吃贼喝！

但贼拿，就不那么地道了。那可是专门跟船主或货主过不去。船上装载什么，他们就“拿”什么。其实就是偷，但他们偷得巧妙，偷得天衣无缝，让你东家瞪大眼睛，也查不出破绽来。比如，船上装载着一个一个圆溜溜的酒坛子，他们竟敢把坛子里的酒倒出来喝掉，或是把坛中之酒，分装到别的器物里，然后，将空坛子故意打碎，待船只抵达目的地后，谎说海上遇到风浪，坛子撞破了，谁又能奈何了他们？再者，船上装载着煤炭、白糖、大豆，哪怕是驴屎马粪，他们都有偷窃的办法，最简单的就是将煤炭、白糖在海上出售一部分给兄弟船只后，再补充进相应的海水，让东家无处查赃。总之，一艘船，航行在茫茫的大海中，就是一个小小的天地，船上的船夫们有足够的时间来琢磨监守自盗的招数。

盐区，精明的船东，大都重金收买船上的老大，让其约束船上弟兄们忠心为船主效力。一般船家选用船老大时，都要选自己的亲信。如大盐东吴三才选用船老大，全是他自家的亲信。其中，一艘跑南洋的大货船上的当家人，还是他近门的一位老表，大名何老三。

当时，盐区跑南洋的航道，属于海上黄金通道，大东家的货船来回运载货物，可谓日进斗金。但每逢盘账时，并没有像大东家想象的那样财源滚滚。这其间，大东家怀疑管家与何老三串通一气来糊弄他。于是，大东家选在一个适当的时候，如同说着玩一样，点给管家，说："南洋船，来回运载，看似挺红火，赚头不是太大嘛！"

管家心里"咯噔"一下子，心想，老东家对他那样说话，是对他不信任。于是，管家为洗清自己，私下里买通了南洋船上一个小伙计，这才知道祸端竟出在大东家那个老表身上。

当下，管家把这事说给大东家，大东家觉得不大可能。那何老三，平时吃的用的，样样都随他的心愿，他还会背着东家做些偷鸡摸狗的事？话再说回来，他还是大东家的老表哩，他能干那种偷鸡摸狗的事？但管家打听来的消息是千真万确的！那何老三已经到了偷窃成瘾的地步，每次出海，必偷无疑。不偷，他就手痒；不偷，他心里就不舒坦。凡是经过他的南洋船运载的货物，一概雁过拔毛！

大东家听了，颇为震惊，问管家："是吗？"

管家说："半点不假！"

大东家说："那好，明日正巧有一批圆木，要运往南洋，咱们一起去看个新鲜。"

大东家说的"看个新鲜"，是想验证一下南洋船上的漏洞，到底出在他管家的账务上，还是出在那个被他称为老表的何老三身上。

次日，发往南洋的那批圆木，过了数目，并在每一根圆木两端加了印章。大东家倒要看看那何老三怎样地雁过拔毛。

可好，半月后，货船抵达南洋港时，大东家领着管家以犒劳船上弟兄为由，带些鸡鸭肉蛋，从陆地也赶往南洋港码头。

卸船时，管家临时在码头上为大东家搭了个凉棚，大东家端坐在太师椅里看似在喝茶，看风景，实则是在过目船上抬下的圆木，并派人一一查看圆木两头的印章。其结果是，圆木，一根没少；印章，每根圆木两头都有。这与管家所说的“雁过拔毛”大不相宜了。

当下，大东家虽没有说啥，可管家却难堪了。

但次日一大早，有人传过话来，说何老三在船上所偷的圆木，已经摆到南洋码头的木器行当菜墩子在出售。

大东家不信。因为，船上卸下的圆木，两端都有印章封口，根数又不少。那何老三如何窃之?

然而，当管家把大东家领到南洋木器行一看，顿时愣在那儿了——“菜墩”上，竟然个个都有印章为证。

原来，何老三在船上领着弟兄们行窃时，先用烈酒喷洒在圆木封头的印章上。之后，让弟兄们扒去外衣，把圆木上的印章印在光肚皮上，待锯下一段圆木后，再把肚皮上的印章盖在圆木的新端。依次，把船上所有的圆木，都锯了个遍儿。

厨 娘

盐区，沈万吉好吃是出了名的。

光绪庚子后，京城里有位王爷犯上，被驱逐出京城之后，其妻妾、幕客、家仆，数以百计的人，都受到株连。同流合污者，斩！妇幼无知者，流放到青海、广西、内蒙，以及东南沿海地区。

沈万吉通过他儿子在京城做官这条途径，拐弯抹角地从那些流放、落魄的女仆中，选来一位年轻貌美的厨娘。

那女子，丰乳肥臀，娇小可人，沈万吉尤其留意到她那双纤细而又娇嫩的玉手。想必，正是那双玉手，昔日里在王爷府上做出了无数的美味佳肴。而今，那女子被他沈万吉领来了，下一步，他沈万吉就该尝到她的手艺了。

刚来的那几天，沈万吉看那女子还处在惊魂未定之中，没有急着让她下厨，而是珍爱有加。专门为她收拾了一套颇为安静的院落，备上琴棋纸砚，让其舒展才情，怎么说她也是王爷府上出来的女子，见过大世面的。一时间，沈老爷把她视为掌上明珠！

那厨娘，本该沦奴受辱，去煎熬阶下囚的苦难岁月，而今有贵人搭救，并受到如此恩宠，心中颇为不安！尽管她也知道“好马不易两主，好女不嫁二夫”，最初被沈老爷领来时，她也曾想到用三尺白绫了此余生，可她做梦也没料到，盐区这位沈老爷，无视她为罪人妾，拿她当作人上人看待。更让厨娘感激的是，沈老爷并没有强占她的美色，反而同宾客一般待她，这便让厨娘感激不尽。

有几回，厨娘过意不去，有意以身相许。可那位沈老爷，不等闲话谈深，便推说时候不早了，或是府上有什么要紧的事情在等着他去办理，匆匆起身离去。弄得厨娘好好的心情，被冷落下来，好不难受哟。

这一日，沈老爷又来厨娘处小坐。厨娘耐不住，问沈老爷领她来为何。

沈老爷看着厨娘满脸疑惑的神情，半天没有言语，末了，他问厨娘："你想做什么？"

厨娘扑闪着一双水汪汪的大眼睛，愣愣地看着沈老爷，一时间也想不出她想做什么。沈老爷问她："你会做什么？"

厨娘不语。少顷，沈老爷替她说了："你是京城王爷府上的厨娘，想必，做饭做菜的手艺一定不错，改日有兴趣的话，就去厨房施展你的才华好啦！"这可是沈万吉的真实意图。

厨娘没有吱声。但厨娘那双水汪汪的大眼睛里，忽而闪出了无声的泪花。沈老爷看她落泪，心想，此番让她去下厨，是否早了点，忙改口说："随便说说而已，别当真嘛。"

过了两天，沈老爷又来厨娘处下棋，有意无意间，沈老爷又提起让厨娘下厨的事。

这一回，厨娘没有落泪，但厨娘推辞说："奴妾今日有些头昏，请老爷见谅，改日再伺候老爷吧！"

沈老爷也没有强求。又过了些日子，沈老爷拿出老爷的派头，派人去喊厨娘的时候，搬一把太师椅坐在厨房，不由分说，让厨娘为他做菜，沈老爷指着案板上一块五花肉，说："本老爷今天想看看你的手艺，炒盘五花肉。"

这道菜，是非常讲究的。炒得好，清爽可口，炒不好，皮条一般，咬不动，嚼不烂。

厨娘垂首竖在沈老爷跟前，半天无话，沈老爷再三催她，只见那女子无动于衷。想必，这小娘子是誓与本老爷为敌了不成？她能在京城的王爷府伺候王爷，就不能为本老爷效劳吗？想当初，他沈万吉是花了大把的银子，冒着一定的风险，费尽心机才把她领来的，为的就是能品尝到她的厨艺，没料到这小娘子执意不肯下厨。沈老爷压住心中的不快，指着案板上的肉块，不动声色地催促那厨娘："动手吧！"

厨娘轻咬着粉唇，先是摇头不语，后又退步不前，等沈老爷再次威逼她动手时，她却“扑通”一下，给沈老爷跪下了，且滚着泪水，说：“沈老爷，奴婢不会呀！”

“什么？”沈老爷一听，顿时火冒三丈。他知道这个小奴才，是铁了心地不想伺候本老爷，冷脸一板，猛一拍太师椅的扶手，怒斥道：“你认为你是个什么东西？你是官府的罪奴！不再是王爷府上的厨娘、爱妾啦！本官念你有一技之长，领你来做事，没想到，你跟本老爷耍起了贵妃、娘娘的派头。”

厨娘声泪俱下，告诉沈老爷，说她确实不会做菜。厨娘说，她身为王爷府上的厨娘，实则是王爷府上厨娘中一个拣米的。

“什么？”沈老爷瞪圆了两眼，愣愣地看着眼前的厨娘说，“拣米的？”

厨娘说，王爷府上的厨师、厨娘，数以百计，光是择菜、拣米的厨娘，就有七七四十九个，她们各负其责，不得有半点差错。这其中，挑水的只管挑水，劈柴的负责劈柴禾，就连掌勺的大师傅，都无需过问红案上、白案上的大小事儿。

沈老爷一听这话，大失所望，原认为弄来个王爷府上的厨娘，就可以品尝到王爷们的口味了，没料到，折腾了半天，找来个厨娘，仅仅是王爷府上一个拣米的。也罢，那就让她为本老爷拣米吧。沈老爷想，以此也算是沾上京城里达官显贵们用餐的一点福分。

岂料，半月下来，厨房报来账务，让沈老爷吃不消了，光是买米一项开支，就是鸡鸭肉鱼的百倍还多。问其缘由，那厨娘按王爷府里的用米标准来选米：磕碰过的米粒不要，带糠皮的不要，鼓肚的，长短不一的，一概不要，这样拣下来，一斗米里，挑不出几个合格的。

沈老爷看罢，不由得一声长叹，“唉！”

喂跳蚤

盐河逆流西上八里许，有一片莫大的湖塘。

那里，海水与淡水相接，飞鸟落雁成群，池塘湖泊沟湾汊河相通，远远地望去，一片碧荷秀水飞鸟编织在蓝天下，芦苇丛林深处，藏有炊烟人家。景色倒是挺美的，绿的苇子，红的塘荷，散落在河湾堤坝间的青砖灰瓦吊角楼，赶上江南水乡一般。不能如意的是，那里的人家，常年被水所困，周边蒲草多，苇子多，湿地多，蚊虫、跳蚤更是多得可怕！

火辣辣的夏日里，一近傍晚，池塘蒲草苇丛中的蚊虫，“轰轰”出动，如闷雷长号，似乌云笼罩，团团而来！行人至此，碰头打脸，“嗡嗡”之声，几里之外都闻而生畏！尤其是到了深夜，劳作了一天的渔民们，鼾声入睡后，席缝、铺板中的跳蚤又加入进来，与漫天飞舞的蚊子，串通一气，争食你的血肉。有道是：“天上飞机（蚊子）轰，地上火炮（跳蚤）攻。”逼你睡梦中还要痛打自己的皮肉，以此来驱赶蚊虫，苦不堪言。

塘边的老住户，祖祖辈辈留下的经验，太阳尚未下山，赶快关上门窗，选取塘边的艾草，在屋内点火熏之。蚊子见艾草的烟雾，自然就晕倒了！可对藏在席缝、草缝、床铺中的跳蚤，无济于事。尤其是被艾草熏过一两回的跳蚤，更是满不在乎了。

尝尽了蚊虫之苦的塘边人家，能驱赶蚊子，就已经万幸了。至于床铺上活跃着几个跳蚤，随它去了。可初来湖塘的人，受不了蚊子的叮咬，更受不了床上跳蚤的折磨。

这一年春夏之交，湖塘庄上的老财主汪少堂，从泰州领来一个叫秋娘的小姨太，就曾遭此一难。

那个小女人，皮肤细嫩如脂，身材娇小可人，说话如小鸟鸣叫一般“嘀里嘟噜”，蚊虫咬一口，她就“哎哟，妈呀！”一蹦三尺高地叫唤，猛一巴掌拍下去，被叮咬之处，立刻就冒出一个大红疙瘩。再加上那女人爱干净，每天晚上上床入睡，必定要打桶温水冲个凉。

这下好啦，蚊虫们单等她脱光了身子，一哄而上，顿时黑压压地落满她的前胸后背，搭手一拍，鲜血满掌，让她“妈呀，娘的”猛跺脚，直叫唤。

汪老爷看秋娘没有对付盐区蚊虫的经验，教给她：晚间上茅房，要先点上一把艾草，驱赶走周边的蚊虫后，争取火光不灭，就把事情解决掉。否则，一旦蚊子叮上来，顿时让你的屁股“胖”上一圈。冲澡时，更要注意保护，可以让嫣红姑娘帮助打火把，再去脱尽身上的衣服。

嫣红是秋娘身边的丫鬟，十六七岁，满听话的，长得也很好看。她是秋娘从娘家那边带来的。

秋娘呢，按汪老爷说的做，果然效果不错。

可午夜里床上的跳蚤，又该怎样对付呢？那跳蚤，与“嗡嗡”叫的蚊子大不一样，它藏在铺席间的缝隙里，让你捉不到，找不到，艾草还熏不死它，单等你脱光了身子，上了炕席，它们就欢天喜地地跳出来咬你的肉，吸你的血。

半夜里，每当秋娘被跳蚤咬醒的时候，她就一边挠着身上的红疙瘩，一边晃醒身边的汪老爷，哭叽叽娇滴滴地说：“跳蚤怎么不咬你呀？”

汪老爷迷迷糊糊地笑，告诉秋娘，说：“有你在我身边，跳蚤自然就不咬我啦！”

“那是为什么？”

汪老爷说：“你身子白，皮肤嫩！跳蚤都奔着你去了。”汪老爷还跟秋娘打趣说，跳蚤这小东西口味挑剔得狠，有小的，不叮老的，有皮肤嫩的，自然就不吃皮肤老的。

秋娘挠着身上一窝一块的红疙瘩，再看看汪老爷身上，一个红点儿也没有，她确信，跳蚤们真的都奔着她的光身子来了。

其实，哪里的事哟！汪老爷同样也是遭到跳蚤叮咬，只不过他的皮肤又黑又老，跳蚤咬过的地方，如同黑坷垃蛋子上滴一滴汗珠子，没有颜色之分。而秋娘皮肤白如羊脂，跳蚤咬上一口，立刻花瓣一样红肿起来。

秋娘挠着她的红肿之处，问汪老爷："这可怎么办？"

汪老爷思量再三，说："好办，明日晚间，你先让嫣红光着身子，在床上躺上半个时辰，喂饱了床上的跳蚤，我们再上床入睡，保准你就不挨咬了！"

秋娘一听，这话有道理，喂饱了的老鹰，还不捉拿小麻雀哩！况且是喂饱了的跳蚤呢？

次日晚间，秋娘就按汪老爷说的办法做，临上床时，先让丫环嫣红脱个精光，躺到床上喂跳蚤去。

嫣红明知这是灾难，可她是做下人的，照顾好主子是她的天职，心里虽然不情愿，可也得按主子的吩咐做，全身上下，脱得一丝不挂，老老实实地躺在床上，去喂跳蚤。

还别说，这办法真有效。嫣红喂过跳蚤后，秋娘再躺到床上去，果然不挨咬了。原认为这样可以一觉睡到大天亮。没料到，下半夜，跳蚤们又开始活动了，再次把秋娘咬醒了。秋娘挠着痒痒，晃醒汪老爷，哭叽叽娇滴滴地说："跳蚤又来咬我了！"

汪老爷揉揉眼睛，看看窗外的星星，说："现在，已经是下半夜了，昨晚，跳蚤被嫣红喂饱了，这会儿，只怕是又饿了！"

"那可怎么办？"

汪老爷想了半天，说："没有好办法，要想不遭跳蚤咬，只好再去把嫣红喊过来！"汪老爷说，嫣红年岁小，皮肉嫩，只要她往咱俩身边一躺，跳蚤们就全奔着她去了。

被跳蚤咬怕了的秋娘，一听这话，立马就去喊嫣红。

可秋娘压根儿没有料到，她这样做，正中了汪老爷的圈套。三个月后，秋娘尚未怀上老爷的孩子，嫣红的肚子却一天天鼓起来。

上席宾客

盐商，戏称盐大头。他们靠倒腾盐的买卖，赚足了银子，且，个个都富得流油！他们吃喝嫖赌玩腻了，不外乎还要忙活两件事：一是购买盐田，扩大商埠，利滚利涨，力争在盐区站稳脚跟；二是大兴土木，营造豪门大院，雕梁画栋，光宗耀祖，流芳千古。

可沧海桑田，世事轮回，历朝历代的盐商富豪数不胜数，又有多少盐商后代继承先辈的家业，永葆辉煌呢？屈指算来，盐区一代又一代的盐商，无不在败落——兴盛、兴盛——败落中煎熬着。

光绪六年，盐河北岸的殷汉龙，爆出一条惊人的消息，他要在盐区最繁华的西大街上，建造一幢六进深宅大院。外人听来震惊，不敢相信！了解他殷汉龙的人，更不会相信他有如此能耐。

殷汉龙是什么人？海鲜馆里跑堂的店小二。盐区，上点岁数的人都还记得，殷汉龙的父亲是个赌鬼，他曾在一夜之间，赌来上百顷白花花的盐田；又在一夜之间，赌掉了家中的美妻娇妾。最终，自缢在一棵歪脖子树上了。

殷汉龙失去父亲那年，刚好十二岁，此时他正在学堂里摇头晃脑地读《百家姓》，背《三字经》。眨眼之间，他从一个衣来伸手、饭来张口的富家子弟，沦为盐区的流浪儿。幸好盐河口那家海鲜馆的老板看他机灵，收去，略加调教，让他做了店小二。至此，殷汉龙每日五更起床，帮东家炸香果子，卖油条，见天肩膀上搭条白毛巾，拎个紫红锃亮的传菜饭盒子，出入盐区的高门大院，给那些藏在闺中的俊太太、大小姐们送去美味佳肴。等到他自立门户，在盐区堂而皇之地开起一家望海楼饭馆时，殷汉龙已经悟出：盐区人，除了靠倒腾盐的买卖能发家致富，再就是开饭馆，也能一步登天。

常言道：人是铁，饭是钢，一顿不吃饿得慌！盐区，商贾大户多，有钱人多。而有钱人的交往，大都离不开戏院、酒楼、茶社。他殷汉龙打小从那种灯红酒绿里打磨出来，目睹了有钱人的银票，是怎样像飞鸟一样，一群群飞进戏院，飞进酒楼、茶社的。所以，终于有一天，殷汉龙另立门户了，独自做起了饭馆的生意。不过，那时间他已经娶妻生子，且，人到中年。

接下来，也就是三五年的光景，殷汉龙发了！至于他手头赚了多少钱，外人无法估算。但有一条，殷汉龙确实是有钱啦！他学着盐区那些大盐商的做派，从南洋请来能工巧匠，扬言："要在盐区造一幢前所未有的豪门大院。"

有人说，殷汉龙这样做，是想为他赌场上丢掉性命的先父争回名分；也有人说，他是穷人乍富，撑腰挺肚。那些早就富得流油的大盐商们，说得更加尖酸刻薄，指着殷汉龙的脊梁骨，说他如此这般，纯属于一瓶水不满、半瓶水晃荡。

可殷汉龙不管外人如何风言风语，他按部就班，如期请来南洋的工匠们，"叮叮咣咣"的三月有余，最终把一幢雄壮、威武、气派、优雅，在盐区独一无二的深宅大院建起来了。

正式竣工那天，殷家大院，如同过大年一般喜庆。殷汉龙本人穿了一件紫红的暗花长袍，戴乌黑油亮的貂皮帽，三个儿子，一色的洋布长衫，留分洋头，已经娶妻有子的大儿子，膝下领着个咿呀学语的孩子，胸前还晃动着一弯亮闪闪的怀表链子。鞭炮齐鸣的那一刻，殷汉龙领着他的儿孙们，满面春风，拱手在门厅里迎客。

手持请柬的宾客们，大都是盐区的头面人物。他们中，有骑马、坐轿来的；也有揽着娇妻、美妾、玉人，雇用黄包车，一路摇着铃铛，风光而至的。这其中，不乏有些达官显贵，还是当年殷汉龙父亲的赌家，乃至他们的后代。

好在，时过境迁，殷汉龙不计前嫌。大家在欢庆热闹的气氛中入席行酒时，忽而，有人看出不妥——正厅的八仙桌上，原本该是殷汉龙陪着盐区的头面人物就座，次之，也该是殷家儿孙的席位，偏偏让那帮南洋工匠们给占了。这算哪门子事呢！

刚开始，大家猜不透他殷汉龙的葫芦里卖的什么药。客随主便，随殷家人安排。可酒过三巡，那些心中颇受压抑的宾客，趁着酒气，如同戏言一般，指责殷汉龙："为何不让你的家人，也就是殷汉龙的儿孙们坐在正厅，偏要让那帮工匠们占着上席？"

殷汉龙先是笑而不答，末了，他告诉诸位："南洋的工匠，是为我建房的人，功不可没；可我那帮犬子犬孙，早晚将是卖我房子的人，不提也罢！"后面的话，殷汉龙没有细说，可在场的人大都悟出他话里话外的意思。顿时，鸦雀无声。许久，有人冷不丁地带头鼓起掌来……

滚 珠

盐河两岸，显能耐的男人，就是出海打鱼。

每年正月，多不过十五，盐河口那些插满竹枝、彩旗的木帆船，就陆陆续续地离开了盐河码头。

他们中，或兄弟联手，或父子同渡，一个个撇下家中望眼欲穿的婆娘，扬帆远航，下南洋，跑北海，捕捉鱼虾，少则仨月，多则一年，或更长的时间，只要能顺利返航，就是荣耀、幸福的。

可悲的是，早年间，盐河里的木帆船，漂泊在茫茫的大海里，如同蓝天白云下一只断了线的风筝，说不准什么时候，遭遇狂风黑浪，瞬间便船毁人亡。

盐河边的女人，尤其是年轻的女子，新婚里含泪送走了情郎，能在孩子满地乱爬的时候，迎来南洋返航的丈夫，那就万幸了！千万别等不来丈夫，却立起一座牌坊，那样，可就苦了女人的一生。

海生家的，一个俊巴巴的小女人，年前，腊月二十六刚娶进门。正月初九，下南洋的船上炸响了一挂长长的起航鞭炮，愣是把一对小夫妻给分开了。

好在，这以后的岁月，有婆婆相伴。

婆婆念及年轻的媳妇长夜难熬，便送来一串光滑锃亮的佛珠，叮嘱海生媳妇，晚上熄灯上床以后，捻着佛珠入睡，可保丈夫海上平安。

海生媳妇听婆婆的话，每晚都要捻着佛珠入睡，尤其是捻到那颗象征着丈夫出海的大佛珠时，她每回都爱不释手，好多次还吻在唇边，贴近胸口，藏在暖暖的被窝里。可她万万没有料到，在一个落雨的午夜里，她掐捻那串佛珠时，说不清是她用力过大，还是穿佛珠的线绳年久腐朽了，突然间，穿佛珠的线绳被她小鸟蛋壳一样的指甲给掐断了。

当时，海生媳妇吓坏了！她知道，那串佛珠，是海生家祖传的爱物、信物。那些大如樱桃的佛珠，是海生的爷爷、太爷们去南洋捕鱼时，从深海的贝壳里采集来的，总共三百六十五个，象征着一年三百六十五天。其中，最大的一颗，恰如红枣，听婆婆说，它好比家中正在海上捕鱼的男人。女人在家中捻抚着它，如同爱抚着自己的丈夫。

“哗啦啦！”佛珠满地乱滚的时候，海生媳妇吓得两眼发直！她猜测，这事情要是让阁楼下的婆婆知道了，那可是要吃冷脸的！

海生媳妇赶忙披衣下床，地板上、被褥间、床缝里、墙角旮旯里，四处寻找。好在，那串佛珠是有数的，总共三百六十五个，海生媳妇找一个，口中念叨一个，忙乎了大半夜，总算从一个、两个……念到了三百六十五个。

海生媳妇直起弯弯的细腰，抹一下额头上细密的汗水，长长地舒了一口气，她庆幸一个不少地把那串散落的佛珠都找回来了，可等她坐在被窝里，要把那些佛珠一个一个再穿起来时，忽然发现线绳不够长了！这可怎么办？她想去阁楼下找根新线绳，可阁楼的悬梯，早已被婆婆收起来了。要想下楼，只有等到次日天明了。

那一刻，海生媳妇说不清是忧虑、烦躁，还是苦恼！陡然间，涌起一股无名火，猛拍了床铺两下，就听“哗啦”一下，她把刚刚捡起来的佛珠，全都掀翻到地板上。并别过脸，缩下身，拉起被子蒙起头，索性不管地上那些乱滚乱跳的佛珠了。

可过了一阵子，海生媳妇还是从被窝里露出她的泪脸，她先是静静地看着地板上那些无言以对的佛珠，末了，不声不响地翻身下床，默默地把那些散落的佛珠一个一个捡起来。等她再次把三百六十五个佛珠捡齐以后，忽然觉得，这捡佛珠，也能打发夜晚的时光。于是，再一次把捡起来的珠子泼撒在地板上，一个一个再捡起来。反复数次，等她累得腰酸背痛，想到床上歇一会儿时，没想到，钻进被窝，一觉睡到天大亮。

第二天，海生媳妇找来线绳，悄悄把那串佛珠穿起来了。可到了晚上，她想到头一天夜里捡过佛珠之后，睡得十分香甜，竟然神使鬼差地把穿起来的佛珠再次解开，有趣地重复起昨夜的捡珠过程……那种奇特的催眠术，伴随海生媳妇度过了一个又一个漫漫长夜。

忽一日，早饭桌上，婆婆对海生媳妇说："闺女，你那串佛珠，是不是少了两个？"

海生媳妇猛一愣怔！一时间，小脸吓得煞白。因为，那串佛珠，确实被她滚丢了两个。

婆婆说："昨晚，你好像数到三百六十三个就没了。"说这话的时候，婆婆给海生媳妇碗里夹了一筷子菜，丝毫没有责备的口气，说："你再好好找找，没准滚到墙角旯旮里啦。"

海生媳妇静静地看着婆婆，忽然间意识到，阁楼上下，一板之隔，想必，婆婆每晚都能听到她在阁楼上撒佛珠、捡佛珠、数佛珠的声音。或许，那也是婆婆的催眠术！

那一刻，海生媳妇惊奇地发现，眼前的婆婆也很年轻。

多　嘴

码头上，叫得响的人物，大都有点来头。如大盐东吴三才，泰和洋行的大掌柜杨鸿泰，以及儿子在京城里做官的沈万吉等等，个个都是码头上响当当的人物，谁敢惹得起！他们在码头上有一定的地位，说话硬气，隔三差五的，总有人请去吃酒宴，倘若是酒足饭饱之后，喷着满脸的酒气往街心一站，那姿势，威武、气派，脑门亮堂。没有来头的人，惨了！如宋侉子、潘驼子、风筝魏、帽子王等，他们都是异乡来码头上混穷的手艺人，此地无亲无故无依靠，只有夹着尾巴做人，凡事都要小心点，千万别狂言诈语惹出乱子，就是他们的福分、造化了。

盐区这地方，十里洋场，有钱人多，有能耐、耍横的主儿，更多。没准，你一个响屁放得不是地方，就有人盯上你，讨要闻臭的银子，给不？不给，拳打脚踢是轻的，十之八九，让你倾家荡产，逼你卷起铺盖，走人。

民国十几年，军阀白宝三，领着队伍，浩浩荡荡地开进盐区来。传言，这人可是有点来头，盐区人说他的叔叔是大名鼎鼎的白崇禧，那可是蒋介石手下的一员虎将。

白宝三打着“白家”的旗号，两手空空地别着一挂“盒子”来了。盐区的那帮富得流油的“盐大头”们，你们就看着办吧！

识相的，赶快腾房子，送银两来，让我们白团长和他的弟兄们，好好安顿下来。不识相的，敢跟他白团长耍奸、磨滑、捉猫迷的，那好吧，你等着瞧，保准以后有你的好果子吃。

大盐东吴三才绝顶地聪明，他看白团长，初来乍到，身边没带女眷，先送女人，后送金银。而且是别出心裁地领来一个又白又俊俏的东洋小妞儿，孝敬白团长。

白团长很高兴！赏给吴三才一个盐区领事的头衔。并责成他亲自牵头，多方筹措资金，在海边为他的日本小姨太建起了一栋漂漂亮亮的小白楼，开窗可眺望大海，关窗后，还可以让那小女子从大海的涛声中，联想到她一海之隔的大日本帝国。

竣工之日，白团长给盐区大大小小的头目下了请柬。目的，就是想敲大伙的竹杠。

接到请柬的人，明知这顿饭吃不得，可还不敢不去！那时的白团长，手中握着枪把子。他打着维护一方平安的旗号，驻扎到盐区来。这在当时军阀混战的岁月里，他就是盐区的最高地方官，你敢得罪他？反了你了。

所以，接到白团长请柬的人，全都乖乖地揣上红包，捏着鼻子，强装笑脸，前来庆贺。

当天，白团长大摆宴席，宴请八方来客。

酒过三巡，菜上八道，白团长领着他的小姨太，假模假样地给大伙敬酒。一阵寒暄之后，白团长笑哈哈地问大家："诸位，看我给太太建造的小白楼怎么样呀？"

回答，自然是一片喝彩！而且是异口同声地说："好！"

白团长很高兴，正要举杯同大家共饮，忽而，坐在角落里的一个小盐商，外号曹大瓜，端起酒杯站起来时，叫一声白团长，说："白团长，你这小白楼，确实不错，盐区当数第一。就是门前的这条路，太差了！"说这话时，那个曹大瓜，还下意识地抬起脚，示意给白团长看，他来时，脚上沾了很多海泥巴。

刹那间，就看白团长脸色一沉。要知道，你曹大瓜在如此喜庆、热烈的场合，当众揭短，如同当着众人的面儿，在白团长光彩照人的脸上拍死一只苍蝇，多尴尬呀！

那一刻，就看白团长笑容僵在脸上，转身把手中的酒杯，放进一旁卫兵的托盘中，一个人"叭叽叭叽"地鼓起掌来。

在场的人，不明白白团长鼓掌的意思，先是三三两两地跟着拍巴掌，紧接着，又有人跟着鼓掌，直至全场欢声雷动，白团长才示意大家停下掌声。

白团长满脸笑容地走到曹大瓜跟前，轻拍着曹大瓜的肩膀，伸出大拇指，说：“曹掌柜，你可真是我的好兄弟！既然你看出我这门前的路不好，那就劳驾给我铺铺吧？”

曹大瓜一愣！尚未回话，就看白团长冷脸一板，说：“给你三个月的期限……”后面的话，白团长没有细说，曹大瓜就放了冷汗。

从海边的小白楼，到盐河码头的闹市区，足有两三里的路程，那可不是一个钱两个钱能铺起来的路段。但白团长已经发话了，曹大瓜岂敢违背！只有豁出血本，铺吧。

而今，白团长的那栋小白楼早已毁于战火。可曹大瓜为白团长铺的那段通往海边的大道，仍旧在。而且，大道两边，早已经发展成繁华似锦的海滨城。

摸 鱼

潘驼子，摸鱼的。

盐河码头上，整天背个焦篓，沟湾河汊子里下水摸鱼的那个小老头，就是他。

潘驼子的背，驼驼的，身子向前躬着，与摸鱼的姿势正相宜。他生来一双鱼鹰样的眼睛，识潮水，知鱼性，什么样的鱼，他都能捉到。

潘驼子，不是盐区人。他是异乡来盐河口穷混的。他在码头的河堤边支了一顶小草棚，将女人和孩子安顿在里面。他一个人整天背个鱼篓，拎几条渔网子，赶潮水，截海流儿。所捉到的鱼虾，自家婆娘、孩子舍不得上口，大都送给码头上有钱人家，换几个柴米油盐钱。以此，养家糊口。

潘驼子选在盐河码头落脚，一则，盐河口水网密布，沟多，河多，可捕捉的鱼虾多。再者，就是潘驼子本身的能耐了——他有一手捉鱼的绝技。

潘驼子看准了的水湾，说是下去捉几条花鲢子，抓上来就不是虎头鲨，就是花鲢子。潘驼子最叫绝的一招，就是在沙窟、石窝里取“呆子”。

那种呆傻的虎头鲨，真名叫沙光鱼，头大，尾巴尖细，生性好吃懒动，它有“水中猛虎”之称，专吃海边浅水中的小鱼小虾。致命的弱点是不会保护自己，吃饱了小鱼小虾之后，找一湾死水汪趴下，就懒得再动了。

潘驼子摸清了虎头鲨的脾性，专门选在肥水汪有小鱼虾的水域里扔几块石头，设下洞穴，让它钻进去。过几天来摸一回，如同自家的鱼池一样。下手一摸，准能捉到那“呆子”。

盐区人，都爱吃那种呆头呆脑的虎头鲨！它的肉，鲜嫩味美，尤其是两腮之肉，下锅后形若凝脂，又像是两块碧玉，放入口中，含而不化，嚼而生香，可谓是海鱼中珍品中的极品。烹饪时，可炒，可烧，可蒸，可小火炖汤，极鲜！

军阀白宝三初来盐区时，大盐东吴三才，就是拿那种虎头鲨，招待他和他的日本小姨太。那顿饭，吃得满堂喝彩！

盐区人把“虎头鲨”视为上等鱼，贵客鱼。

家中来了贵客，或是婆娘生孩子坐月子，急需要鲜美的鱼汤催奶下饭，你这边急得抓耳挠腮团团转，邻居大婶、大妈就会提醒你：“去找潘驼子呀，你还愣着干什么？”

“是呀，我怎么把潘驼子给忘了呢？”于是，急匆匆地找到潘驼子家，先看其缸里、盆里养的，都有什么样现成的鱼虾，满意了，当场抓了就走；不满意的，潘驼子就会问你：“想吃哪样的鱼虾？”

回答：“孩子的舅舅来了！”

潘驼子“哎哟！”一声，说：“舅舅可不能怠慢的，吃不好，是要掀桌子的。”遂吩咐前来购鱼虾的婆娘：“你去家，先把铁窝刷好了，葱花、生姜、香菜切就了，我这就去给你捉‘呆子’去！”

时候不大，就看那潘驼子，高挽着裤脚，鱼篓里拎着几条“扑棱扑棱”的虎头鲨，喜滋滋地来了。

不过，这样的时候，你可要多给他几个铜板哟！尤其是秋风瑟瑟、天气渐冷的季节里，潘驼子为给你捉那几条虎头鲨，冻得浑身发抖，嘴唇都冻青了！说什么，你也要多给他几个子儿才是理儿。

当然，天气变凉之后，只有有钱人家的阔太太，或是像吴三才那样的大东家，才有那样“品鲜”的口福。一般人家，连想都不敢想了！

潘驼子呢，也就认准了盐区那些高门大院儿。他们吃得起，舍得出高价钱，潘驼子乐意把他捉到的鱼虾送给他们。

军阀白宝三驻扎盐区的那年寒冬，他的小姨太有了身孕，厌食！猴头燕窝，山珍海味，样样都吃够了，指明要吃在大盐东吴三才家吃过的那种虎头鲨。

白团长想：这有何难！当场吩咐卫兵们下河捉去。可大半天过去了，白团长的小姨太又哭又闹，问那捉鱼的卫兵怎么还不回来？

白团长也很心焦，派人催促之后，得到的结果是一条虎头鲨也没有捉到，恼怒之下，白团长动用盐河口的大大小小船只，统统下海捕捉虎头鲨。

然而，令白团长失望的是，所有被赶下海的渔船渔民，没有一人一船捕捉到虎头鲨。这期间，有人告诉白团长，说潘驼子有能耐捉到那种虎头鲨。

白团长立即下令："去找潘驼子。"

潘驼子接到命令后，答应次日一大早，就把虎头鲨给送去。可一夜过后，潘驼子却领着他的婆娘、孩子，跑了。

潘驼子不是不想孝敬白团长，而是冬季里捉不到虎头鲨。

那种虎头鲨，属于盐河口独特的鱼种，如同花草、芦苇一般，一岁一枯荣，春季涌卵，秋风乍起时最肥美，入冬后，产卵于石缝沙窝间，便掉头而死。

白团长是异乡人，他不晓得这些。

为此，白团长误杀了不少人。

地　主

地主，土地的主人。

旧中国，土地是无数穷苦人累死累活都不肯松手的命根子。租赁它，耕作它，买卖它，可以有衣穿，有饭吃，有水水柔柔的婆娘伴你其乐无穷地生儿育女。拥有它，就拥有了荣华富贵，可以自耕自作，也可以租赁放贷，利滚利涨，不断地发展壮大成富甲一方的地主老财。熬到做东家、做大东家的份上，就可以吃香的、喝辣的、显脸面，娶进三房四妾，建起七院八落，高人一等，受人尊敬，享受人世间玩味不尽的乐子。

这种土地情结，梦牵魂绕了历代中国人。

民国三十三年秋，盐河口巴狗庄上的老财主张实，去山东日照看闺女回来，突然间对土地失去兴趣，不想耕种，也不想拥有它了。

那个秃顶、鼓眼、留一绺山羊胡子的老财主张实，选在一天晚饭后，屁颠颠地找到盐河口开竹市行的小篾匠宋三，说他举家要随闺女迁往山东，手下几十亩薄田，问宋三要不要。

宋三原本是个异乡来盐区混穷的手艺人，属于“脚面上支锅，踢倒就走”的主儿。此地无依无靠，无根底，遇到事儿，全凭两只肩膀扛着自个儿的脑袋顶着，不遭人暗算，不受人欺负，就算是赚了大便宜。

宋三的女人虽说是地道的盐区人，可她娘家那边，是盐河船家的受苦人。婚后，宋三曾有意要领女人回双乳山老家去度日月，可女人不去，女人执意要留在盐区。

盐区多好呀，十里洋场，通江达海，有捕不尽捞不完的鲜鱼、活虾、大螃蟹，有南来北往的渔船、花船、商船，带来五湖四海的新鲜玩意儿。

可就是这样一个人见人爱的码头地儿，老财主张实突然间不愿意呆了，扬言要随闺女定居山东。

别看张实秃头癞脸，其貌不扬，可他婆娘给他生的小闺女却倾国倾城的美，年轻时号称“盐区一枝花”，被孙传芳手下一个团副看中，甩下一串钢洋，换上一身花枝招展的新衣裳，领走了。

张实正是因为有了那做团副的女婿，正是因为拥有了那串“哗铃铃”响的钢洋，以后的日子才扬眉吐气！他买下盐区一大片盐碱滩，原认为开发出盐田，晒出白盐，一本万利，发家致富，将来可以混成盐区吴三才、杨鸿泰那样威风八面的大盐东，没想到他那点“脓水”太不成气候，没法与盐区沈、杨、吴、谢四大盐东相比，反而被人挤兑，遭人白眼儿，让人看不起。张实看透盐区没有他的市场，干脆把手中的盐田卖掉，跟着闺女走人。

于是，张实找到宋三。

宋三是手艺人，手头的银子虽然不是太多，可都是现大洋。盐河码头上，但凡人员密居的地方，都有宋三竹市行的分号。

宋三来盐区混事，已有十几年了。码头上，盐工汉子们用的竹筐、竹扁担、竹篱笆，以及各家各户用的竹床、竹席、竹斗篷、竹椅子、竹笊篱、竹摇篮等等，样样都来自宋三家的竹市行。

宋三，早就不是当初挑着担子来码头上混穷的宋三了，他扬眉吐气了！被窝里有了温情似水、缠缠绵绵的婆娘，手头有的是“哗铃铃”响的现大洋。张实看中他，正是冲着他的银子来的。张实说，只要一次性给足他银票，地亩的价格，可以便宜许多。

宋三问他具体需要多少银子，宋三觉得自己是外乡人，凡事怕遭人算计，所以，他压根儿就不想买张实的地。宋三女人一旁插话，说：“只要价格合适，一次付清，也不是不可以。”宋三的女人早就想在盐区置产买地了。

张实说：“从盐河口到青龙桥，中间那个长档子地，全是我家的，总共五十六亩三分，按五十六亩算账，每亩以八块现大洋论价，你应该给我四百四十八块现大洋。这样吧，你一次性付清，我只要四百块怎样？”说这话的时候，张实还把手中一张黄乎乎的地契，在宋三夫妻两眼前摇啊摇。

宋三啧着嘴，说："不行，买不起。"

宋三女人说："贵了，能不能再少一点？"

张实"吧唧"一掌，猛拍在自个儿大腿上，说："啥话别说了，给我三百五十块现大洋，把地契拿去！"说话间，张实真把手中的地契递给他们夫妻俩。

宋三和女人对对眼睛，自然明白，张实开出的这个价格，是没法再少了。当下，接了地契，付了银子。

此后，宋三两口子原认为拥有了土地，就是土地的主人了，就可以在盐区世世代代地住下来，传下去，更大规模地发家致富。没料到，不久，天翻地覆地开展"打土豪、分田地"运动。宋三因为拥有大片土地，顺理成章地被划为地主阶级，还给扣上"地主老财"的黑帽子，在盐区揪来斗去，苦不可言。

而此刻的张实，依然住在盐区。但他无"地"一身轻，小日子过得和和美美，逍遥自在。他之所以有先见之明，把手中的土地提前卖给宋三，是因为他去山东走闺女时，看到那边解放区已经推行土地改革，许多拥有土地的地主老财，就是过着宋三那样被人揪来斗去的苦日子。

探　子

探子，盐区人俗称：扒沟子的。

说白了，就是给坏人通风报信的主儿。

旧时，盐区好吃懒做的无赖们，大都干过那种勾当。他们整日游手好闲，热衷于花街柳巷，给两个肉包子，让他喊爷叫娘钻人家裤裆，都不在话下，更别说是塞两块钢洋，让他给你带个“路”儿，传个“话”儿。

一般人家，不去招惹那些无赖们。

当然，一般人家也没放在他们眼里。

那帮刺头儿，看似穷得叮当响，可他们整天吃香的，喝辣的，一旦手头紧缺，或是口中无味了，奔盐区哪家高门大院去了，见到东家的老爷、太太、少爷、大小姐们，磕两个响头，要几个赏钱，或是讨一顿带肉菜的饱饭吃，就眉笑颜开，得意洋洋了。

这类讨吃要喝的主儿，一般不会坏你的大事情，大不了，讨不到你的赏钱，黑更半夜，跑到你府上大门口屙泡屎，窝囊窝囊你，也就罢了。

难以提防的是那种城府较深的真探子。表面上看，他们好人一样，让你很难识破他与城外的土匪、毛贼有勾当。这种人，大都是图钱财、甘愿做那种缺德的勾当；再者，是因为他知道的事情太多，被逼无奈，不得不给人家做探子。

城西十字街口，有一个掌鞋的宋瘸子，就曾做过一回探子。

原因是，他的鞋摊儿，正守着对面沈老爷家的深宅大院儿，想进沈家打劫的土匪们主动找到他。

前来接应的土匪，选在一天午后，一手拎一只旧棉鞋，来到宋瘸子的修鞋摊前，“哗铃”一声，扔过一只带响的，让宋瘸子看看鞋子里什么东西硌脚。

宋瘸子伸手往鞋坑里一摸，木呆呆地抓出一把钢洋。

“再看看这一只！”说话间，来匪把另一只鞋子递过来，宋瘸子往鞋坑里一看，额头上顿时冒出了一层冷汗！鞋坑里，一把雪亮的尖刀，正扎着一只血淋淋的舌头，是人舌头，还是狗舌头、猫舌头，一时间分不清。

这是那个时期，土匪们惯用的威逼手法，让你去打听某一件事情，打听不到，割你的舌头；打听不实，也要割你的舌头。赏钱嘛，就是鞋坑里那把“哗啦啦”响的钢洋。

宋瘸子知道遇上“大爷”了，停下手中的活计，问：“哪里来的好汉？”

来人伏下身，伸出三个指头，暗示宋瘸子，他是钱三爷的人。

钱三爷是盐河口外黑风谷一带坏出了名的匪首。

宋瘸子问：“什么事？”

来匪问对面沈家有几只狗。

“狗”是黑话，暗指枪和护院的家丁数目。宋瘸子摇摇头，表示不知道。来匪没有为难他。但对方又伸过三个指头，横在宋瘸子眼前，轻轻地晃了晃，恶狠狠地告诉宋瘸子：给他三天期限。三天内，若是再说不清对面沈家大院的底细，鞋坑里的那只血淋淋的舌头，就是他的下场。说完，对方起身走了。

宋瘸子却陷入了痛苦中。但土匪们说话算话，三天后，如期而至。宋瘸子没用对方开口，好像是无意间抬高手中正在削鞋子的月牙刀，就听“啊——”地一声惨叫，宋瘸子自己把自己舌头血淋淋地割下来了。来匪在惊诧中，木呆呆地骂了一句：“娘的，有种！”随后，起身离去。

事后，沈家老太爷知道宋瘸子为他而自残，让他收了鞋摊，到他府上以享晚年。宋瘸子没去，宋瘸子仍旧在盐区掌鞋。有所不同的是，宋瘸子就此又多了一个雅号——宋哑巴。

叫 板

张黑七，是匪首钱三爷手下一个兵。

那小子初入匪道时，如同一个温文尔雅的小书童，颠前跑后地给人家端茶水、捧烟袋、递擦脚布，很讨匪首和弟兄们的喜欢。

那时间，苏北、鲁东南一带活跃最猖獗的一股土匪，当数盐河口黑风谷一带的钱三爷。

张黑七投奔到钱三爷门下，以他的机敏和胆识，很快被钱三爷看中，收在身边，专做送票的差使。

张黑七呢，打着钱三爷的旗号，大白天他都敢拿着书信，大模大样地走下山来，一路打听着，将书信送到被绑票的亲人家中。并以“两军作战，不杀来使”为古训，诉说他一路上长途跋涉的艰难，目的是想额外地捞点散金碎银。赶上饭时，他还磨磨蹭蹭地不走了，正襟危坐在那家主人的饭桌前，吃着喝着，观赏着人家丫鬟、小姐的美貌，美着哩！

但这其间，他骨子里的匪性，便极其恶毒地滋生出来：不是丢个媚眼儿，试探人家的丫鬟、小姐，或是年轻的姨太们，是否有红杏出墙之意，就是相中主家客厅里或是卧室里某一件值钱的物件儿，左思右想着如何才能弄到手。最不地道的是，那家主人刚刚好酒好菜地款待过他，他却居心叵测地琢磨出对付人家的歪主意来。即便是他的主子钱三爷，他都敢太岁头上动土。

钱三爷威震一方的时候，压根儿没把他个乳臭未干的张黑七当回事，总认为他是个跑腿的，好使唤，肯听话。平日里，钱三爷下馆子，听戏，泡妞，甚至到庄园里与他的小姨太过夜，都把张黑七带在身边。

张黑七呢，天生是个不安分的主儿，说不准是哪一回，他与钱三爷屋里的那个风情万种的小姨太对上眼儿，便选在一个月黑风高之夜，独自来勾引人家。

不能作美的是，钱三爷为他的小姨太购置的庄园，内有家丁把守，外有高墙拦挡，虫鸟都难以飞进。

可早有预谋的张黑七，以抛“猫爪”的方法，从墙外一棵大槐树上滑进后院，原认为那样可以摸进绣楼。

岂料，那“猫爪”所钩住的是一段枯树枝，张黑七攀上绳索，行至半空时，只听“咔嚓”一声脆响，人随枯枝，一同落入黑洞洞的后院。

守院的家丁听到响动，当即警觉起来！

三更贼，四更勤。那时间，刚好是午夜时分，忠于职守的家丁，摸着一把铁钗迎出来，远远地大喝一声：“什么人？”

那响彻夜空的呵斥声，原本是守院的家丁们惯用的语言，即便是院子里狗咬猫叫，他们也要那样叫喊。可做贼心虚的张黑七，误认为人家发现了他，三十六计走为上，选准院内一堵雕梁画栋的花墙，只想借此攀上房檐，逃之夭夭。

说时迟，那时快，就在他攀上花墙，想翻身逃跑时，训练有素的家丁，一个撒手钗投掷过来，就听“扑——嚓”一声响，那钗尖直丁丁地扎进花墙上，钗柄儿还随之上下弹跳。

掷钗的家丁料定：那钗尖儿，一准儿是扎进贼人的下肢。

岂不知，骑在花墙上的张黑七却哈哈大笑，蔑视墙下那个家丁，说：“伙计，钗尖再往上一点，大爷我今夜就走不了！”

墙下的家丁一听，没扎住这歹徒！当即用力拔下铁钗，想再补上一钗。可就在那一刹那，骑在花墙上的张黑七，一个驴打滚儿，不见其身影了。

当下，那家丁感到钗柄有粘糊糊的鲜血，料到那贼人带着伤跑了。

次日清晨，护院的家丁，持带血的铁钗，来与钱三爷禀报，说：“昨夜，有贼入院，带着重伤跑了！”

那时刻，张黑七正伺候在钱三爷身边，可此时，他腿上的伤，钻心窝一样地疼，但那小子有种，他竟然装作没事人一样，把一碗热茶稳稳当当地放在钱三爷跟前。

钱三爷看了看那带血的铁钗，轻抚着胡须，恶狠狠地咬出一个字："查！"

张黑七一边帮腔，说："跑不了，好查！"

张黑七给钱三爷出主意，无需打草惊蛇，暗查山下大大小小的药房、药铺，保准那小子会自投罗网。

钱三爷微微地眯着眼睛，轻"嗯"了一声，忽而，两眼放光，定格在张黑七的脸上，吩咐说："好，这事情就交给你去办！"

张黑七表面上装作欲辞不敢的忠诚状，心中却喜出望外，他借机逃到山下，休养数日。

事后，待张黑七返回山寨时，浩浩荡荡地捆绑来上百号缺胳膊断腿的男男女女。

怒气未消的钱三爷，亲自一一过堂！当场打死、冤死无数怀疑对象，唯独没有料到真凶就在他的眼皮底下。

入 匪

张黑七感悟到做土匪好，真好。尤其是做上土匪的头领，就像钱三爷那样多能呼风唤雨，更好！

这样的想法，很快促使张黑七不甘心跟着钱三爷打下手了，他做梦都在图谋自成一派，另立山头。

还好，那时间三爷没拿他当个人物，对他没有丝毫的提防。他便瞒着三爷，借助为三爷下山送信的时机，以三爷的威名，做起独匪的勾当，敲大户，窝回扣，等他把劫持的钱财积蓄丰厚的时候，他便借一次“公差”机会，一去不复返了。

三爷看那小东西久去不归，派人找，下山寻，皆无结果，误认为那小家伙下山走迷了路，被人家黑吃黑给搞掉了。

岂不知，张黑七携三爷的一笔钱财，一口气跑到盐河上游一个叫潮河口的小村里窝下来。

那里，是他的老娘舅家。

那一年，张黑七刚好十七岁。

舅家的大表哥李大浦，比他大两岁，虽是个海边的小混混，可人家有正当的门户。头一年春上，大表哥娶了新媳妇。张黑七从匪窝里逃来时，大表嫂正在月子里。

可大表哥一家，并不知道张黑七是从土匪那边来的。

当日傍晚，大表哥要去海边船上搞点鱼虾，一来是给月子里的女人催奶下饭，再者，也想让异乡而来的老表尝尝海鲜。

张黑七也很大方，摸出身上的散金碎银，要去西庄打酒割肉去。

天黑后，张黑七与大表哥一同进家，只见院子里一片狼藉，大表哥的第一感觉是：家中遭了强盗！连声呼唤屋里的女人，没听到答应，就知道大事不好了，扔下手中鲜活的鱼虾，冲到屋里一看，顿时被眼前的情景惊呆了！他的女人和新月里的婴儿，双双倒在血泊中。

大表哥双手抱起血淋淋的女人和新生儿，冲着一旁打酒归来的张黑七，怒吼道："这是怎么回事？"

张黑七二话没说，"扑通"一声，就给大表哥跪下了。

张黑七痛哭流涕地向大表哥道出实情，说他是钱三爷那边逃出来的土匪。原认为逃离了钱三爷的魔掌，可以从此改邪归正，没料到三爷不饶他，竟然把毒手伸到了他的窝藏地。

"你——！"

大表哥一脚踢在张黑七的胸口上，还想找根棍子，揍那个小子。张黑七却指着桌上的一把切菜刀，告诉大表哥，说："现在，你就是把我砍了，也换不回大表嫂和小表侄了。"张黑七说："何不听我一言，咱们一起去找钱三爷报仇去？"

大表哥想想也是这个理儿，攥紧了的拳头慢慢松开，再次抱紧了他的妻子、儿子，放声大哭起来。

张黑七则不声不响地摸过大表哥家的那把切菜刀，跪在当院的磨刀石上，"唏哗唏哗"地用力磨起来。

大表哥问他想干什么。

张黑七两眼闪出凶光，告诉大表哥，他要给大表哥一家报仇去！

张黑七说，他掌握钱三爷的行踪，他有办法找到那只老狐狸。

大表哥二话没说，摸过门后的一根推磨棍，要与表弟同行。

但大表哥压根不知道，他的妻子和儿子，就是他眼前的这个看似要为他报仇的表弟张黑七所亲手杀害。

张黑七看中了大表哥是做土匪的料，便杀其妻子、儿子，栽赃给钱三爷，让他带着仇恨，随他入了匪道。

除　患

驼九证实他侄子张黑七入了匪道，是在一天晚饭桌上。

在这之前，村里早有谣传，说驼九的侄子做了土匪。

驼九不信，驼九说，他侄子跟人家到山东烟台贩苹果去了。驼九的侄子离开驼九时，就是那样告诉驼九的。

但村里人都说张黑七做了土匪。

驼九的心里很不好受！他觉得事情发展到那一步，他驼九在村里人眼中，很没有脸面。

张黑七那东西，跟着他驼九孬好也是十几年啦，他驼九怎么就没把他教化出个堂堂正正的人来呢？偏偏让他跟着“胡子”跑了？那可是个千人恨万人骂的勾当。

驼九在没有证实他侄子做了土匪之前，他矢口否认他侄子做了土匪。

驼九很盼望某一天日照极好的时候，他侄子从山东贩苹果回来，而且是很风光地走进村来。

那样，外面的所有谣传，都会随之烟消云散。

但是，驼九万万没有料到，他侄子回来的时候，恰恰证实了村里人的谣传。

当时，驼九正蹲在灶膛前，燃一把“噼叭”作响的黄豆秸，锅里煮的是玉米与小米熬成的粥。驼九打算把锅里的粥熬得稠一点，更香。反正是下雨天，没有事情干。

可张黑七偏偏在这个时候回来了。

驼九先是听到院子里一片嘈杂的脚步，随着地上的泥水“唏哗唏哗”声，走近他的小草屋，扭头一看，先是看到张黑七站在他身后，唤他：“叔。”再就是家院里，布满了一个个穿蓑衣、戴斗篷的“胡子”。

那时间，张黑七的队伍已经形成气候，盐区围剿过商贾大户，连山湾伏击过钱三爷的帮凶，就差没把钱三爷的压寨夫人占为己有。他此番回来，是带足了银子的。一则，想带走驼九，到他的山寨去，给他看家护院；再者，若是驼九不想跟他走，就送些金银，让他在此地过上好日子。

驼九呢，可能看出侄子的行为不轨，尤其是看到他腰间的“盒子”。驼九知道：完啦，那小子果真是入了匪道。

驼九埋头燃着灶膛里的火，好半天都没有搭理他。

张黑七站在驼九的身后，又叫一声：“叔！"

驼九还是没有搭理他。

但那时间锅里的粥已经煮出香味。

驼九起身找来一只大黑碗和一小包红砂糖，装上满满的一碗粥，与张黑七对桌坐下。

驼九说：“吃！吃了你上路。”

驼九一刻也不想让那个逆子在家中久留。尤其是看到院子里那些“胡子”，一个个贼眉鼠眼的样子，这不明明白白地告诉左邻右舍，他驼九的侄子引来“胡子”、做了土匪吗？

也就在那一刻，张黑七看出他跟前的那碗热粥有诈。尤其是驼九神情恍惚地催他吃粥，张黑七起了疑心！他插在怀里的手，都已经摸到怀里大块的银锭啦，此刻又悄悄地放下了。他冷下脸来，直盯盯地看着他眼前那碗热粥，猛不丁地推到驼九那边，说：“你吃！”

驼九愣了！他知道那粥里放进了什么，但他二话没说，端起那碗粥，头都没抬地吃了。

张黑七眼睁睁地看着驼九叔扔掉粥碗，倒在地上，起身帮他合上房门，招呼院子里的弟兄，如同没事人一样，走了。

那时刻，雨还在下着。

选　匪

土匪张黑七，领着弟兄们打到盐河两岸去的时候，他手下的人马已经发展成一支浩浩荡荡的队伍。

张黑七自封为匪首。匪首之下，还有一帮跟着他出生入死的团长、旅长、伪队长之类。

那帮家伙，个个都是张黑七的铁杆兄弟，全都是张黑七亲自挑选出来的帮凶，随便拉出一个，都有一套看家的本领：要么不怕死，能打硬仗，敢于冲锋陷阵，别人攻不下来的堡垒，他上去就能拿下来；要么点子多，主意怪，大伙都没想到的事，他能足智多谋、化险为夷。张黑七本人斗大的字识不了几个，可他很赏识有文化、有智慧的人。

一日，张黑七让他手下的副官，从队伍中给他挑选一个勤务兵。

副官深入基层，从各排各班、排中，层层挑选出一批年轻力壮的小伙子。而后，比武功，试刀法，打靶子，等送来给张黑七亲自圈定时，那已经是过五关、斩六将，百里挑一了。

但副官还不能自作主张指定哪个，他只能选出其中他认为满意的，送来给张黑七定夺。

因为，勤务兵也就是警卫兵，他兼有提茶倒水和保卫张黑七人身安全的双重任务。有谋无勇，不行；有勇无谋，更不行！必须智勇双全。

张黑七看看副官给他挑来的那几个虎背熊腰的棒小伙，说："好呀，让他们先吃饭吧！"

想必，副官领着他们比武弄枪，折腾了大半天，张黑七站在一旁也都看到了。

这会儿，正好又是晌午了，食堂的大师傅刚好煮开了一锅热气腾腾的面条子。

张黑七摇晃着手中的芭蕉扇，说："吃饭，吃饭，让他们先吃饭！"

说这话的时候，张黑七还关照正在为他们装面条的大师傅："装满一点，每只碗里，都给他们装得满满的。"

这下好啦，食堂门口的小石桌上，一溜儿摆开了三五碗滚烫滚烫的面条子，张黑七端坐在当院的小槐树底下，让他们把面条子端过来，到他跟前的饭桌上吃。以此，想看看他们都是怎样来端那碗热面！

还好，第一个走过去，面对那碗上尖下流的热面，脸不变色，心不跳，弯下腰，双手捧起碗帮，如同捧住炭火一般，将那碗热面，稳稳当当地端到张黑七跟前的饭桌上。

张黑七夸了一句："有种！下一个。"

第二个也不示弱，学着前者的样子，大义凛然地走过去，弯腰捧起热面。有所不同的是，第二个脚下的步子迈得飞快！汤汁虽然洒了一些，但他少受了不少皮肉之苦。

张黑七也夸了一句："好！下一个。"

第三个走过来，顺手摸过石桌上的一双筷子，将碗中的热面一拧，高挑在筷子上。而后，一手端着碗，一手挑着面，大步流星地走到张黑七跟前。

张黑七一拍大腿，当即竖起大拇指，说："好啦，就是他。其他人吃过面，都回去吧！"

画 圈

张黑七的队伍形成气候以后，便自立衙门，内设大堂，外派卫兵巡逻把守，打出维护一方平安的招牌，人模狗样地管起事来。遇到外来帮匪或日寇侵犯，他也能抵挡一阵子。赶上辖区内发生谋财害命或风流凶案之类，他三下五去二，也能断它个八九不离十。

这样一来，张黑七在盐河两岸便有了一定的威望和地位。尤其是小日本两次入侵盐区，都被他领着弟兄们给打败了。

为此，张黑七功高自傲，反过头来敲诈本地的商贾大户们，给他的队伍供粮、供草，出军饷。

张黑七原本是一介武夫，打起仗来，英勇无畏，干净利落，催要军饷时，也简单明了，直截了当。一纸文书送下去，不交军饷，那就提头来见！

张黑七手下有一个小文官，戴副秀琅镜，外号“四眼狼”，他掌管着张黑七的私人印章。催要军饷时，“四眼狼”根据张黑七的口述，形成一个板板正正的“帖子”，叩上张黑七的印章之后，再由张黑七亲自圈定一下，所要的军饷，就算是拍板定案了。

“帖子”上，原本该写上他张黑七的大名，可张黑七不识字，每逢让他签名时，他就摸过笔，随手画个圈，完事。

可那个圈，一旦出现在“帖子”上，就证明是张黑七亲自圈定过的，是合理合法的，谁敢违背，他张黑七可就翻脸不认人了。

当时，盐河两岸很流行的一句话，那就是张黑七的“帖子”——带响（饷）的。

言外之意，他张黑七向谁催要军饷，谁敢不从，他手中的“盒子”可就没了章法了。

当然，自封为一方父母官的张黑七，也很注重自己的名声和形象。他手中的“帖子”虽然落地有声，可他很少随便乱来。只在每年的夏秋两季，地里的庄稼成熟了，他根据当年的年景好坏，以及各豪门大户所拥有的地亩数，很公平地把当年所需的军饷摊派下去。特殊情况，比如前方战事吃紧，急需要增补钱粮，张黑七再临时点派几家大户。必要时，他还会设宴款待那些对他有特殊贡献的大盐商们。

这一年，正值春荒不接的时候，日本兵又一次卷土重来，碗口粗的小钢炮，不分白天黑夜地“嗵嗵”往盐区这边发射，眼看就要攻下盐区了，张黑七急召盐区有钱的商贾大户们，商定守住盐区的对策。原则上，有钱的出钱，没有钱的要多出粮草。轮到具体某个人头上时，张黑七也容不得大家争辩了，干脆以他的“帖子”为准。

盐区，有钱人家，接到张黑七的“帖子”，都不敢有丝毫的迟缓，如数将“帖子”上所列的钱粮送达指定地方。否则，在那种刀光剑影的危难关头，土匪出身的张黑七，可真要大开杀戒了。可偏偏就在这时刻，盐河口宋家银铺里的老板娘，接到“帖子”后，竟敢冒死来找张黑七评不是。

原因是，宋家银铺接连收到两份“帖子”，店老板感到蹊跷，来找张黑七论断。

张黑七看过那两份“帖子”，忽而高唤一声：“汪四，你给我过来！”

那个被唤作汪四的“四眼狼”，战战兢兢地从一旁的书房中跑出来，张黑七恶狠狠地瞪了他一眼，又瞪一眼，猛将手中的“帖子”甩到他的脸上，质问他：“你看看，这是怎么回事？”

“四眼狼”两手抖颤地拣起飘落到地上的两份“帖子”，额头上立马滚下了豆粒大的汗珠子，连声解释：“重了，写重了！”

张黑七两手反剪在背上，来回吹胡子瞪眼地走动着，忽而，他一把夺过“四眼狼”手中的“帖子”，“叭”地一下，拍在桌子上，指着其中的一张，问“四眼狼”：“你看看这个圈，是我画的吗？”

“四眼狼”不敢说是，也不敢说不是。但他猜到张黑七看出他做假的破绽，一时间，“四眼狼”只感到两腿发软，“扑通”一下，就倒在地上了。

原来，张黑七画圈时，看似简单，就那么一笔画，可这其中的学问，无人知晓！正常行文时，他顺时针画圈；可一旦向下面催要军饷时，他是反着画的。

张黑七当着一旁卫兵在场，没有说出这个秘密，但他容不下“四眼狼”在他的眼皮底下玩奸计，怒吼一声：“来人，给我拉出去！”

张黑七还没说怎样处置他呢，“四眼狼”就吓得屎尿屙在裤裆里了。

神　医

同治年间，盐区有一官人，因一次海防决堤时而躲，被朝廷革职。告老还乡后，心中多有不快，整日闭门不出，日夜沉浸在郁闷中。不久，得了一种间断性耳聋的怪病。

人聋三分痴！官人的夫人，看到昔里风光一时的官人，忽而变得半呆半痴，心中颇为难过，请了众多名医诊治，均不识此病。

一日，一位昔日官场旧友来告，说离此地不远处的云台山中，有一位老道，修炼数年医道，多治一些奇病、怪病，不妨让夫人领着官人去瞧瞧。

夫人把这事与官人手语般地说了，官人先是不信，后是不理。原因是他在州府做官数年，而云台山就在他的州府辖区内，他从来没听说过此地还有什么神奇的老道。

夫人念其“有病滥求医”的古训，派仆人备马山中寻访，以便把那道人请来。

官人知道夫人在安排着为他看病的事，表面上装作不爱搭理的样子，心中却感激夫人的做法。于是，仆人牵马进山之后，官人便衣冠整齐地在家候着。

哪知，午后，仆人一个人牵马而归。

官人纳闷，夫人不解，迎上去，问：“没找到？”

仆人说：“找到了。”

夫人问：“怎么不请来？”

仆人悄声说：“人家不来。”

夫人问：“为何不来？”

仆人头一低，把夫人扯到一边说，本来那道人是准备来的，可是，一听说是给我们家老爷看病，忽然间又不来了。

夫人一愣！但她很快明白了：没准老爷在位时，得罪过那位道人。但是，那样的话，夫人没好对官人讲，她怕刺激老爷的痛处，加重他的病情，便自编了一套谎话，说仆人今儿去，扑了个空。

官人半信半疑，骂人家是翻眼狗、白眼狼。也就是说，他在州府里做官时，没有人敢这样对待他。

次日，夫人瞒着官人，备了些烟酒，亲自登门，去拜见那位道人，以此想赔个不是。目的，还是想把人家请来。

没料到，那道人收下烟酒，并无出山之意，而是有一搭没一搭地问夫人："病人能否下地走路？"

夫人说："能。"

"既能下地走动，何不叫他亲自来？"

很显然，道人不想出诊。

夫人茫然，回到家中，劝官人进山。

官人恼怒，点着自个儿鼻尖，质问夫人："让我去看他？"

夫人从官人的神情里，看出他仍然没有放下州府道台大人的身架，掩面抹泪，并一再劝说官人，今非昔比。

官人被夫人的泪水泡软了心，默认了夫人的话。

转天，夫人领官人进山，专程去见那位道人。

道卜听夫人一旁叙述官人的病情，并没有抬头看官人，便开出一方，递与夫人，写道：

为官者，爱听恭维，必然愚昧昏聩。若医此病，须诚意自贬，甘作凡夫，身入群体，恭谨待人；闻颂扬之言而思过，闻刺耳恶言而自省。天长日久，病可愈矣！

夫人看过此方，颇有同感。但夫人对"天长日久"感到遥遥无期，想知道何时是了，便问："是否还有更快的法子？"

道人说："有！"

道人说，你让官人到我的破庙来，规规矩矩地供我驱使，受我训斥，不出仨月，我保他百病皆除。

官人大怒：“我甘愿不治此病，也不能来此破庙，受他一介贫僧的训斥！”言罢，甩袖欲走。

道人匆忙又开出一方子，亲自递与官人，官人看罢，顿时额冒冷汗，举步不前了。

那道人的另一处方上写道：**此病不治，必将遗传给后辈子孙。**

大客气

盐区这地方，邪门得很，好端端的一件事，往往当成坏事情来讲。反过来，坏事情要当好事一样去张扬。给人家起绰号时，往往是根据那人的长相或德行，找一个意思相反的绰号来褒贬他。比如：周二坏，胡三孬，并非他们既坏又孬，或许个个都是顶呱呱、响当当的好人。相反，周大明白、刘自能，那就差味了，附有那样绰号的人，你去打听吧，保准个个都是糊涂虫、傻瓜蛋。闫大客气、仲大嘴。

这两个人，算得上是盐河两岸的名人了，尤其是那个仲大嘴，石头都能被他说得蹦蹦儿，他与那个脸白白、手白白的药铺掌柜闫大客气相识相交数年，兄弟一样亲热。

追根溯源，最初到底是仲大嘴去闫大客气家的药铺里拿药少收了钱，还是闫大客气去仲大嘴那里剃头没收费，因年头久远，已无法考证了。但是，有一点是铁打不变的，那就是平日里闫家药铺里的人来找仲大嘴剃头，哪怕是个三岁的孩子，仲大嘴都要宾客相待，尤其是闫大客气来了，他可是个爱干净、讲卫生的小老头哟，仲大嘴要专门为他把座椅背掸了再掸，肥皂、围脖的毛巾，一概换新的。临走时，分文不收不说，还要敬烟，捧火，赶上饭时，硬留下喝两盅。倘若是闫大客气身边还带着个缠膝的小孩子，仲大嘴一边剃着头，一边还要吩咐屋里的婆娘，赶快给小乖乖包块煎饼，或是煮两只热鸡蛋放在手里。

反过来，闫家药铺那边对待仲大嘴一家，也是体贴入微，服务到家，好得没有边了。春秋两季，伤风感冒流行时，不待仲大嘴家上门问药，闫家药铺那边，早就打发人把预防药物给送上门来了。这期间，一旦是仲大嘴家真有人患个头痛脑热的，那好啦，闫大客气要亲自上门问诊。所用的药物，盐区的头面人物只怕都没见过，全是内堂里打好纸包，从后门拎去的。

仲大嘴每隔五天，要去集上支一回剃头摊子，赶上生意好时，傍晚往家走，不是带半斤羊杂碎，就是用粗纸包来一块黄乎乎的牛筋头。回到家，剃头挑子尚未落肩，便吆喝孩子去把闫大客气请来弄两盅。

闫大客气自然也是明白人，每回来都不空手，不是带把糖块给小孩子，就是揣瓶老酒放在怀里。即使那样，也不多喝，他药铺里随时都有事情，或是两三盅老酒刚下肚，闫大客气猛然想起一件要急的事，一拍大腿，非回去不行啦，随后喝了跟前的那杯酒，再拉再扯，走了。

过两天，闫大客气那边，不知从何处弄来什么稀罕物儿，派人来把仲大嘴请过去。仲大嘴呢，也不久坐，喝两盅，诌个理由中途离场了。要么，临出门时，跟家里人约定什么时辰去叫他回来。总之，乡里乡亲，非亲非故，礼尚往来，就那么回事罢了。

这一年夏天，仲大嘴家的小闺女订亲，中午喝了，晚上，仲大嘴硬把闫大客气留下来，两人对饮。

刚开始，他们坐在当院的月亮地里，边喝酒，边乘凉，喝着玩一样，不知不觉两人话多，酒高，夜深了。等到闫大客气摇摇晃晃地起身要回家时，仲大嘴先是扯住他的手，不让他走。

后来，看闫大客气真要走，就起身送他，原本送至院门口，或送上小街就可以了，可送着送着，竟然送到闫大客气家的药铺。握手道别时，闫大客气一看前面就是自己的家了，哪能松手呢，硬扯住仲大嘴到他家坐坐。

这一坐，话扯长了，两个人先烟后茶，等到闫大客气让家里人摆上几碟小菜，两人又喝上了。

回头，仲大嘴要回家，闫大客气自然也要起身相送，先巷口，后小街，送着送着，又送回仲大嘴家了。再想回去，不行！刚才剩下的酒菜还摆在那儿，再接着喝点。

那一夜，两个人送来送去，喝去喝来，后来谁也不想失了礼节，相互间握手走上小街，干脆谁也不送谁了，找一处通风的凉爽处，话至天明，才依依不舍地各自回家。

这件事，在盐河两岸很快传为一段佳话。可接下来所发生的一切，有点离谱！仲大嘴和闫大客气很长一段时间不在一起喝酒了。好几回，仲大嘴从集市上带来下酒的菜，都没叫他闫大客气。闫大客气也是如此，一个人在家自斟自饮，也不请他仲大嘴来穷摆乎了。

随后，闫家药铺里的人剃头不到仲大嘴家去了。仲大嘴呢，更绝！大人、小孩子生病，宁肯雇车子、备驴，到外村去瞧，也不到他闫家药铺去问病拿药。两家人，莫名其妙地恼了。

谋 赌

黄昏的时候，四水顶着尖尖的小北风，塑料袋里拎着两瓶简装的汤沟酒，如同拎着一只扑扑抖动翅膀的大白鹅，一路歪歪斜斜地缩着脖子去三饼家喝酒。

三饼跟人在盐河口里摸海贝，两三个月回来一回。每次来，他都要带点海鲜什么的，把四水喊过去，喝个四两半斤的。俩人处朋友，好多年啦！三饼没从事摸海贝之前，俩人白天黑夜地裹在一起玩。

摸海贝，是海边男人很无奈的一件事情。每天跟小船到海里，穿一身水鬼服，下到几十米深的海水底下，专摸那种价格昂贵的象牙贝、美女蚌，有时，还能摸到小锅盖一样大的大海螺，危险性挺大，一口气上不来，就死在海里了。但那差事很来钱。三饼每次回来，腰包都是鼓鼓的。

所以，三饼看四水拎来两瓶汤沟酒，感到很好笑，三饼跟四水打趣说："叫你来，你来就是了，还拎个熊酒干什么？"

四水把酒放在三饼家饭桌上，接过三饼递来的一支价格不低的香烟，捧火时，从客厅的大镜子里，看到三饼女人从小里间也拎出酒来，四水很随意地往桌上一指他带来的酒，说："自家店里的，喝这个就行啦！"

四水家临街开了个不大的烟酒店，生意不是太好，可四水门路多，经常把小学校的老师们请到家里吃吃喝喝、打打小牌什么的，让村小学专门批发他家小店里的写字本和钢笔水什么的。

但四水手里存不住钱，他好赌。今晚，三饼约他来，没准还要摸两把！

果然，“一瓶一汤沟”见底之后，没等三饼女人把桌子上的碗筷收拾利落，四水醉不拉叽地问三饼：“摸两把？”

三饼借着酒劲儿，说：“摸两把！”

平时，三饼女人不让三饼上牌桌。今晚，看他们哥俩喝得高兴，也就不管了。

他们说的“摸两把”，就是“搬大点”：随意摸两张牌在手里，或一张、三张都可以，亮牌时，只要不超过“10”，谁的“点”大，谁就是赢家。

那种玩法，一半是手气，一半是胆气！

三饼女人看他们“噼噼啪啪”地甩着牌，原本想跟三饼早些钻被窝的，那阵子也被他们牌桌上移动的钱所诱惑。但她似乎没在意他们怎么玩，坐在里间的小床上，一边织着毛衣，看电视，一边张望客厅镜子里面他们玩牌的场面。每当听到外面牌桌上叫板激烈时，她的目光就不由自主地被吸引到外面去。

三饼女人不知道三饼输了多少钱，但他看到四水把赢到的大票子揣进内衣口袋，零钱、毛票子随意踩在左边的脚底下，心里就有些焦焦的！她不想让三饼再玩了，她觉得三饼今晚的运气不佳。可那边牌桌上输红了眼的三饼，反而把赌注越下越大了。

三饼女人已无心织毛衣、看电视，两眼不停地向外面镜子里张望。镜子里有他们两人玩牌的场面。

忽而，女人蹿出来，一把捂住牌桌上四水刚刚洗好的一把牌，满脸怒色地盯着四水，压低了声音说：“你把今晚赢的钱，统统掏出来！”

四水的目光与三饼女人的怒色相触时，三饼女人咬牙切齿地说：“掏！”

三饼愣了！心想，女人这是怎么啦，牌桌上哪能这么说话呢？三饼想训斥自家女人滚到一边去，可那一刻，四水的脸，腾地一下红到脖子。

三饼女人直盯盯地瞪着四水，说：“我们家三饼，不交你这样的朋友，你给我滚出去！”

四水坐在那儿一动没动，可他的额头上，顷刻间冒出了一层细密密的冷汗。

三饼女人怒色威逼，四水抖抖索索地从内衣口袋里摸出一把钱，默默地放到牌桌上，三饼女人厉声呵斥他：“滚，滚出去！”

这时，三饼似乎也感觉出什么不妥来，他愣愣地看看四水，又看看满脸怒色的自家女人，惊诧之中，说不清是问四水的，还是问女人：“怎么回事？”

女人告诉三饼："你看他左边脚底下踩的是什么？！"

三饼站起来，去看四水左边那只脚，只见四水的左脚直打颤儿！

三饼女人随之一脚踢过来，只见四水的左脚底，正踩着一张鲜艳的红桃 10。

四水就是利用那张桃 10，以挠脚或脚底下摸零钱的方式，随时把那张可以做赢家的"大点儿"换到手中。

争　鱼

在盐区，九筐是个出了名的闷嘴驴，凡事，听他女人的。偶尔，驴脾气上来，女人的话他也当成耳旁风。

但九筐是把逮鱼的好手！家中有十几条大大小小的渔网，每天出没在盐河上游大大小小的沟湾河汊子里，不声不响地下河布渔网子，捉到的鱼虾，自家吃不了，女人便拿到盐区集镇上卖。

天长日久，盐区哪条河汊子里什么时候有鱼虾，有什么样的鱼虾，九筐了如指掌。

这天后半夜，九筐听到窗外"哗哗哗"直倒的雨水声，想到潮起潮落的盐河上游的河汊子，一定是水急鱼跃！

九筐翻来覆去睡不着。

睡不着的九筐，猛不丁地拍了女人一巴掌，扯上女人，冒雨去盐河上游的河汊子里，布下了一层一层的渔网子。随之，有鱼儿缠到网上，打起了令人惊喜的鱼花；紧接着，成群的鱼虾涌上来，渔网上的漂子都给坠到水里。

九筐的女人喜上眉梢。

九筐则心事重重。

九筐估摸，今夜所捉到的鱼虾，八成是上游何大嘴家鱼塘里跑出来的。

果然，天快放亮的时候，何大嘴急匆匆地端着把渔叉找来了。而且，上来就搬弄九筐家的鱼篓儿。

九筐女人问何大嘴："你要干什么？"

何大嘴指着鱼篓里的鱼虾，说："这些鱼虾，都是因为我们家鱼塘决了口子，你们才逮到的！”

九筐低着头，眼皮都没抬一抬。

九筐女人双手叉着腰，问何大嘴：“那又能怎样？如果不是我们两口子在这儿下网子，这些鱼虾是不是全都跑进盐河，游到大海里去了？”

何大嘴说：“那我不管，反正我们家鱼塘里的鱼虾，你们一个也不能拿走！”何大嘴要把那些尚存活的鱼虾，快点放回他们家鱼塘里去。

九筐女人不让，她推开何大嘴，不让他在那儿摆弄她家的鱼篓子。

何大嘴急了，要跟九筐女人支架子——打架。

九筐知道何大嘴不会跟他女人动拳头，一个大老爷们，怎么能跟女人一般见识呢？但九筐不想把事情闹大，他就那么不言不语地把手伸进鱼篓里，将活的鱼虾，留在鱼篓里；死了的，拣到一边泥地里。

很显然，九筐是想把活的鱼虾让何大嘴拿走，死了的，他带回去。

没想到，九筐的这个想法，何大嘴不同意，九筐女人也坚决反对。

九筐女人扯开九筐，正言厉色地说：“我们一没偷、二没抢，凭着自家的渔网在下游的河套逮鱼捉虾，你这是干什么？”九筐女人没好说，越是鲜活的鱼虾，拿到集市上，越能卖上好价钱。

何大嘴说，他家鱼塘里跑出来的鱼虾，被九筐两口子捉到了，就如同他何大嘴家的鸡鸭，跑到九筐家的院子里是一个理儿，难道就拦下不给了，真是的！

九筐女人说何大嘴那是屁话！

何大嘴反过来说九筐女人说的是屁话。

两个人斗鸡一样，争吵起来。

九筐有些恼火！猛起身，搬起鱼篓里满当当的鱼虾，“哗啦”一下子，全都给倒进波涛翻滚的盐河。

九筐女人看到九筐的这一壮举，先是一愣，但她很快支持九筐的做法，问何大嘴：“这样，你满意了吧？算我们今夜没来。”

何大嘴呢，扑闪着两只大眼睛，傻愣了一会，忽而，也称赞，说：“好，倒得好！”

九筐不搭理他们，独自背着渔网和空落落的鱼篓，前头走了。

九筐女人与何大嘴跟在后头，尽管还在高一声、低一声地争吵，但此时，他们所争吵的内容——都感到很解气，很好！

一筐苹果

中秋节的前一天下午，下雨。文化馆买来好多苹果，堆在传达室门口的廊檐下。谁下班走，谁去找自己的那一份，苹果筐上都贴着纸条。王大民坐在窗口，看人家相互搭手，把苹果筐抬到自行车后座上，有说有笑地推着车子走了，心里很不是滋味。

王大民不知道那苹果有没有自己的，他是前任局长唐家全弄到局里来“帮忙”的。

原先，王大民在下边一个乡文化站当站长。前年冬天，县里搞文艺汇演，王大民以一出淮海剧《挑盐》，在全县拿了编剧奖。后来，那个节目拿到省里，还获得了“五个一工程”奖。

唐局长看王大民是个人才，就把他从下边“挖”上来，放在县城文化馆剧目组搞编剧，计划找机会先把他户口解决了，有可能的话，再给他转个干什么的，让他专心在县文化馆搞创作。

谁知，八字还没成一撇，唐局长调走了。准确地说，唐局长是被人家挤走的。新来的局长不关心他的事，背后还放出风，说文化馆的人员超编，富余人员，哪里来的还到哪里去。这分明是针对他王大民的。早知是这样的结果，老婆孩子别往县城接就好了。而今，一家老小都跟着他风风光光地进了县城，怎么好有脸面再往乡下搬哟！

王大民曾经想去找找刚来的新局长，可听人家说，新局长和前任局长唐家全是死对头，他也就死了那个心。再返回头去找唐局长，显然是不现实的，他唐家全是被人整走的，调到一个山高皇帝远的林场去当什么书记，自己还顾不了自己，怎么好再去给他添乱呢。天塌下来，一个人顶着吧！

但王大民的日子不好过。自从新局长到任后，他不敢多讲一句话，整日如履薄冰，时刻担心人家一脚把他给踢了。

早知道上头变化这么快，杀他一刀，他也不会到县文化馆来。现在进退两难了。文化馆里原先吃过唐局长苦头的人，还有那些忌妒他王大民走红一时的人，都把他王大民定格为唐家全的人。这会儿，很少有人正眼看他。

王大民呢，也不愧为七尺男儿，在外面受了天大的委屈，回到家只字不提一个“恼”字，更别说在老婆、孩子面前唉声叹气了。他觉得，一家老小，尤其是七十多岁的老母亲，跟着他来到县城，原本是让她们享福的，怎么能让她们跟着受委屈呢？所以，王大民心里再苦，回到家仍然装作没事人一样。可他，深知自己的处境日趋艰难。

就说这分苹果，他担心没有他的。果真被他猜中了！王大民坐在窗前，眼睁睁地看到廊檐下最后一筐苹果被打扫楼道的王嫂搬走了，他心里真像是被人伤口捂上一把盐一样难受。

不是他王大民买不起一筐苹果，这明明是在排挤他，是给他难堪呀！你王大民在文化馆到底算是干什么的？连个打扫卫生的王嫂都不如，还什么创作员，“五个一工程”奖呢？狗屁！

想当初，他王大民在乡下干文化站长时，也是乡里一块响当当的牌子，哪个能小看他呢？现如今，怎么混到这个地步！

晚上，往回走时，幸亏小雨下大了，王大民把雨衣使劲罩在脸上，走到大门口，连声招呼都没打，头一低，走了。

回到家，六岁的小女儿甜甜，看到人家的爸爸、妈妈都驮来苹果，她也要吃苹果。王大民没好说没有爸爸的苹果。他哄女儿说：“爸爸的苹果放在办公室里了，明天给你带来。”甜甜不让，缠着爸爸现在就要吃。甜甜说：“你去办公室驮！”甜甜还说，她要跟爸爸一起去。

王大民没有吱声，可此刻，他心里极为苦闷！他拦过女儿，强打着精神，说：“甜甜听话，爸爸明天一定给你把苹果带来。”不懂事的甜甜，噘着小嘴，说：“不！我现在就要。”她已经看到院子里，别人家的小朋友吃苹果了，所以，甜甜现在也要吃苹果。王大民一拧头，说了声：“好！”随之摸过门旁还在滴水的雨衣，开门走了。

时候不大，王大民当真扛来一筐苹果。

那时间，他浑身上下都湿透了，女人看他湿成个“落汤鸡”，问他：“你的雨衣呢？”王大民忽而想起来，雨衣忘在街口的水果摊上了。

清官难当

小林要到连山任乡长。上任的前一天晚上，县委办几个要好的同仁为他送行。酒桌上，有人说连山乡的前任乡长、书记，都栽在那湾穷山恶水的鬼地方，告诫小林千万不要沾上那地方的邪气。

小林深深地喝着酒，心里边暗暗地拧着劲儿！他才三十出头，以后的路还很长，他不会为美女所动，更不会为金钱所动，他要好好干一番事业。

第二天，恰好双休日。一大早，小林别出心裁地骑辆破旧的自行车，来到了连山乡最偏远的一个自然村——大洼村。

小林想以康熙私访的形式，提前介入乡里的工作，深入了解一下当地村民对乡村两级干部的不满情绪。

一进村，小林见路边一个挖沟泥的大爷，正抡圆了膀子，从路边的小水沟里往外捞污泥，小林便停下车子，问他："这是大洼村吧？"

那大爷说是。

小林递过一支烟，想跟他拉呼拉呼。那大爷见他是城里人模样，停下手里活，也想跟他拉呱。

小林问他捞沟里的泥是干啥的，那大爷说是积肥。

小林问："不是有化肥吗，还用捞污泥积肥？"

那大爷说："如今，我们农民也跟你们城里人一样，知道'绿色食品'对人体有好处，不愿意吃施过农药、化肥的粮食。"

小林想，这大爷讲的，和他平时听说的农民买不起化肥、农药的情还有些差距哩！于是，小林就想跟那大爷深聊聊。小林谎说他是省农学院的讲师，利用休假的时间，到农村来了解一下情况，想写一篇新农村的调查报告。

那大爷一愣！瞪大了两眼，问："你是省农学院的？"

小林说："是呀！"

那大爷满脸的皱纹，笑成一朵绽放的墨菊，跟小林说："俺家小二子，就在你们农学院读书，你可要好好给俺照顾照顾哩！"

小林想，这下糟糕了！他说谎话说到二十四点上了，万一这大爷再问他在农学院教什么，是不是他们家小二子的辅导员、班主任之类，他可就露馅喽！

好在那大爷并没有去打听农学院的事，反倒一下子跟小林亲热起来，扯住小林，非让到他家里坐坐不可。

小林想，去坐坐也好，顺便看一下农民家中的粮屯子、菜篮子，以及圈里的猪呀羊的。可当他真的走到那大爷的家中时，还真被他家的摆设给惊呆了！

坐北朝南的一幢二层小楼，外面贴着白瓷砖，屋里铺着地板砖，紫红色的大沙发，摆在正面的客厅里，城里的科局长家都比不上。小林正点头说好时，那大爷忽而喊他屋里的女人，说他娃学院里来人啦，让老伴快抓把米，把跳到平房顶上的那只红公鸡给哄下来杀了。

那时间，已经是上午十点多钟了。小林嘴上说不在这吃饭，不在这吃饭，可他转而又想，快中午了，走到哪里也得吃饭，实在不行，等会儿给他饭钱就是了。有了这样的想法，小林就坐下不走了。

回头，那大爷跟小林在屋里喝茶时，家里又陆续来了两三个年轻的俊媳妇，她们是来帮着烧火做菜的。

工夫不大，鸡呀鱼呀的，三四个大盘子端上来了。小林有些不大好意思，摸过碗要去装饭。那大爷从桌子底下摸出一个小塑料桶，"咚咚咚"给小林倒上了满满的一茶杯酒，说是乡下的散酒，随便喝两杯吧。

小林不想喝，他还想多跑跑转转哩，可那大爷硬让他喝。小林端过那满满的一大茶杯酒时，想再找个茶杯倒出一半来，他想喝两口，表示个意思就行啦。可那大爷非常热情，他把桌子上的茶杯全都收起来，不让他乱倒，非让他喝不中。

小林想：好好好，入乡随俗，喝就喝吧。端起酒杯先抿了一小口，感觉味道还不错，再喝时，那大爷一劝再劝，他也就往深里喝了。头一杯还没喝光，那大爷又把他的杯子摸过来，“咚咚咚”给添满了。

小林摇着头，说不能再喝了。

可那大爷把他的杯子端起来，与自己的杯子碰得“叮当”作响，一再跟小林说：“碰过杯子了，喝！”

小林点头，说：“喝，喝，喝！”

他们是上午不到十二点坐下来喝的，一直喝到下午三点多，要不是小林说他天黑之前，还要赶到县城去，那大爷还要跟他晚上接着喝。

小林摇着头，说：“不能啦，不能啦！”

小林说“不能”的时候，桌子上又上了几道菜。但那时间小林已经醉了，他不知道自己喝了多少酒，也不知道人家上了多少菜，只记得他要离开大洼村时，是那大爷找来辆“小黄虫”，把他连人带车，还有一些乡下土特产什么的，一起装进了“小黄虫”。

第二天，小林醒酒后，看看那大爷给的板栗、山蘑菇，以及五六只活蹦乱跳的大公鸡，心想，那大爷真把他小林当成孩子的老师了。

可他压根儿就没想到，小林头一天晚上在饭店里跟县委办公室几个人一起吃饭时，他曾说，他要到连山乡最穷的村里先去私访一趟。可巧那家饭店里有个端盘子的姑娘是大洼村的，她连夜打电话给她们村长。村长得到消息后，就安排他的老岳父暗中接待。

当天小林吃的鸡呀鱼呀，都是村里报销，那就不在话下了。关键是那小塑料桶里的“散酒”，那可是四百八十块钱一斤的精装“茅台”，开瓶后，散装在桶里的。小林和村长的岳父一顿喝了三斤多！

小城画师

张之洞和许一民，是小城里两位颇有名望的画师。

张之洞年岁大了，身体又不是太好，最近几年，几乎不怎么露面了。平时，画界里有个啥事，全都是许一民帮他张罗。

许一民是张之洞的学生。七十年代末，两人成功地合作过黄海机场的《万里海疆图》。也就是因为那次合作，许一民跟着张之洞沾光了，他被当作人才，从一个小学代课老师，安排到县文化馆从事专业创作。如今，许一民已是县文化馆的当家人了。

县文化馆原本是个半死不活的穷单位，可这几年被许一民搞得不错，寒暑假办点小学生书画班，沿街的几间图书室，也被他改成门面房出租了。夏天的时候，还在文化馆院内搞露天舞会。每年的春夏两季，不是搞地方文艺汇演，就是搞书法、绘画展览。有时，还跟其他县市联手搞竞赛。许一民的名声出去了，张之洞也跟着他得了不少奖项。

前几年，张之洞的画，不论是拿到市里、省里去参展，大小都要得点名次。县内参展，他不是一等奖，就是特别奖。

最近几年，许一民的画占了上风，许一民年轻，他才四十几岁，他对一些现代的东西，尤其是接受西方文艺复兴的一些东西比较快。张之洞仍旧是那种“一江一舟一渔翁”的风格，几次画展都被退回来。好在他年岁大了，画得少了，除了许一民还想着他，时不时地告诉他何时何地要搞画展，让他准备点书画之类，几乎是不问画界的事了。走红的是许一民，他挂着市书画家协会副主席的头衔，还到处做评委哩！

小城里，但凡有求画、问画的，也都是奔许一民来了。外界有慕名来求张之洞书画的，最后能得到许一民的一幅画，就算是不错了。更知底细的人，还会向你介绍张之洞的画这几年已徒有虚名了，而真正的好东西，还要看许一民的。

许一民不管外界怎么看，他对老师还是比较尊重的，画界里有个啥事，都不落下他。比如，这次“海峡两岸世纪情”画展，是由台湾方面的老板独家出资赞助的，获一、二、三等奖的画家，还要邀请去宝岛观光游览。许一民听到消息后，就鼓动张老先生务必参加。

张之洞对此也颇感兴趣，他早年就读于杭州书画学堂，国共交火激烈的时候，他有不少学友跟着国民党军队逃到台湾去了。这些年来，张之洞很思念当年的学友和老师，也不止一次地在他的家人和许一民面前，提到当年他在杭州学画的那些人与事。许一民呢，也算是个有心人，他最初得知台湾方面要搞“海峡两岸世纪情”画展时，当晚就去告诉了张老先生。

这以后的很多天里，许一民三番五次地去催张老先生的画。不能作美的是，张之洞的身体状况一直不是太好，许一民去过几趟，他不是躺在床上没起来，就是坐在小院里晒太阳。有两次，还被张老先生的老伴出面挡驾，说他刚吃了两片安定，不许外人打扰……直到画期临近，张之洞才硬撑着画了一张《风雨渔翁图》，裱好以后，在书房挂了几天，想听听许一民的看法。许一民哪敢评价老师的画，他让张老先生收起来，先拿到市里、省里初选，最后由专家定夺。

张之洞卷起画，打了包头，并到里屋找了一块硬纸垫在系丝带处系牢。亲手递给许一民时，一再嘱咐他千万要保管好。也就是说，一旦是参展结束后，不管能否获奖或能否入选，都要完好如初地退回来。

许一民知道，张老先生近几年，每画一幅画，都不是件容易事。所以，他格外珍惜他的画。

三个月后，画展结束，许一民获了个纪念奖，也就是入选的意思。张之洞却未能入选。许一民来退画时，很为张老先生惋惜。

张之洞面对这个结果，半天没有言语。

许一民起身要走时，张之洞让他留步。张老先生指着桌子上许一民刚刚退来的那幅画，问许一民：“你看我的画毛病在哪里？”

许一民说："我看可以，我参加初选时，还专门提到你那幅画。"

张之洞说："是吗？他们都怎么说？"

许一民说："初选时，大伙都说你的画可以，不知怎么，最后却给退下。"

张老先生轻轻地摇下头，让许一民把那幅画给他打开。

许一民认为张老先生要再看看他的画。哪知，画轴打开，展现在许一民面前的，是一张空白的纸。

许一民大惊失色，自言自语地嘀咕了一句："这是怎么回事？"他似乎怀疑自己拿错了画轴。可再一想，他的画室里，从来就没有这样的空画轴。

张老先生把脸别在一边，好半天才冲许一民挥下手，示意他去吧。

许一民的脸红一阵，又黄一阵，无颜面对老师那双咄咄逼人的眼睛。

原来，许一民每回"帮"张老先生带画时，大都是"未能入选"而退回，而他自己的画却屡屡选中。张老先生就猜他故意给他压画。这一次，他专门给了许一民一张空白的画轴。果然，画展结束，又一次原封未动地给他退来了。

送温暖

一进腊月，舞舞扬扬的两场大雪，断断续续地下了十几天，把个大山深处的小小连山乡，抚弄成一片冰雪的世界。

青的松柏，红的砖墙，掩映在厚厚的积雪里，若不是那辆绿色甲壳虫一样的吉普车，进进出出在乡政府大院里，你会觉得这大山深处的一切，都被冰雪凝固了。

乡政府，一连几个座谈会、联欢会，以及慰问地方官兵的活动，都因大雪封山而耽搁了。

眼看，已近年关。

这天，一大早，小林乡长就把民政办的老吴叫到他办公室，说雨雪再大，也不能再等了。

小林乡长翻出前几天老吴列给他各村军烈属以及五保户、老党员一览表，问老吴："慰问的礼品都准备好了？"

老吴递过一支"红塔山"，先给小林乡长捧上火，又给自己燃上，轻轻地吐着烟雾，说："和往年一样，不买东西，每户军属给四十块钱，烈属给一百，老党员和五保户什么的，享受军属的待遇，也是四十块钱。"

小林乡长想：这大过年的，买点鱼呀肉的，送到人家门上多体面！专门送几十块钱去，是不是有些拐扭?

但这话小林乡长没有说出口，他来到连山乡任乡长时间还不长。老实讲，眼下这个春节，是他到连山乡的第一个春节，好多事情，还要按老规矩来。

小林乡长数了数慰问表上的名单，说："这么多人家，要跑几天？"

老吴说："我们有重点地跑几户，剩下的，交给各村，让村干部给送去就行了。"

小林乡长略顿了一下，告诉老吴："你去办公室告诉陶主任，让他把吉普车给我留下。"随后，小林乡长去里间，换上了他春秋天爬山穿的耐克鞋。

第一站，是全乡最远的一个小村——连山湾村。

车上，小林乡长问老吴："连山湾村有多少户军烈属？多少四七年以前的老党员？"

按照县里的文件规定，只有四七年以前的老党员，才享受政府的津贴。本地是四八年解放的。

老吴翻了半天表格，只说连山湾村有多少户军烈属，对连山湾的五保户、老党员什么的，他一时间还拿不准。老吴跟小林乡长解释说："有些老党员、五保户，都七八十岁了，说不在就不在了。"老吴说，等会儿到了村部，再跟他们村干部具体核实一下。

小林乡长没有吱声，但他对老吴模糊不清的数字，很不满意。

此刻，吉普车已左摇右晃地进入了山区小道，小林乡长紧抓住车前的扶手，瞪大了两眼，紧盯着前面白雪覆盖的一弯又一弯山路。等望到前面山嘴的拐弯处站着一群人时，老吴指给小林乡长，说："村里的干部已经等在村头了。"

小林乡长的车子一出乡政府大院，办公室的陶主任就给连山湾村打电话，让村里的干部们准备接待。

这会儿，村部的花生、瓜子什么的都准备好了。

按往年的常规，乡里下村来慰问的干部，到村部喝杯茶，剥几个花生瓜子，有村里的锣鼓队引路，象征性地看望一两户能说会道的老党员。民政办的老吴，再跑前跑后地举起相机，"咔嚓咔嚓"地拍几张照片，就算是慰问到千家万户了。

可今年，小林乡长非要拿出名单一家一家地慰问到户不可。

小林乡长说得也很有道理，他说他刚到本地工作，有些老革命、老党员，都没有拜访，趁这个机会，一家一户地走走。

哪知，他这一走，露馅了——表格上列出的连山湾村的十八个老党员，有十二个已经不在人世了，九个五保户，目前也只有两个。其中，有三个老党员，五年前就死了。

小林乡长冷冷地板着脸，看着村里的干部和民政办的老吴，问他们这是怎么回事。

老吴支支吾吾，说不出个子丑寅卯。

村支书看事已经败露，便把责任全揽过来。

支书说，他们保留了那些已故的老党员、五保户的名额，目的，就是想多领点抚恤金，以补贴村里的开支款。

说这话的时候，村支书自感心中有愧，没等小林乡长批评他，自个儿先把头低下了。

合　唱

连山乡，因境内有两座相连的山峰而得名。

山上，常年驻守着雷达兵。

天气晴好时，隐隐约约地能够看到一个篱笆墙似的银灰色的大“锅盔”，在蓝天白云之间缓慢而有规律地转动。但更多的时候，山峰及坐落在山峰之巅的那个大“锅盔”，被缥缈的云雾给锁住了。山很高，山上常年云盘雾绕。

远城的游客，以及山脚下的少男少女们，常以游玩、观赏风景，攀至山顶，并以转动的雷达或以绿色的营房为背景，拍下一张张置身于蓝天白云间的风景照，带回去作“到此一游”来欣赏。

远城的报纸、电视，每年也都报道几回地方民政部门，或团委、妇联，组织青年团员上山慰问雷达兵，或是给雷达官兵们送书籍、洗被褥的消息。

小林到连山任乡长的那年春节，乡里的民政助理吴家成跟他汇报上山慰问雷达兵的有关事宜时，小林乡长兴致很高，当即表态说：“好，到时候只要我有时间，跟你一起到山上去看看。”

小林乡长说“去看看”，一半是公务在身，一半是出于好奇！他到连山任乡长半年多了，可还没有真正爬过境内的这座山。

山上的官兵，得知山下新来的乡长要上山慰问，群情振奋，昼夜编排文艺节目，准备以汇报演出的形式，欢迎新来的乡长上山来看望他们。

不巧，真到了上山的日子，大雪封了山道。原本可以让吉普车送一程的，只能徒步而行了。

山上的官兵，电话中得知小林乡长已经上山的确切消息，如同接到“一级战备”的命令，全副武装，列队欢迎。

雪山中跋涉了三个多小时的小林乡长，远远地看到白雪皑皑的绿色营房里，打出了大红标语，映衬在白雪和绿色营房间，很是好看。近了，才看清楚，那些大红的条幅，都是欢迎他小林乡长的。

一时间，小林乡长有些受宠若惊！他没有想到，在这与世隔绝的大山顶上，官兵们还会弄出如此热烈的场面。尤其是看到官兵们拉开场子，要为他小林乡长献上一台文艺节目时，小林乡长更是始料未及。

第一个节目，是官兵们自编自演的说唱歌舞，大概的意思是，军民一家亲，热烈欢迎小林乡长上山来。在这个节目中间，穿插了小林乡长给他们递“红包”的一个慰问场面。

那是民政助理吴家成专门安排的，他在小林乡长上台递“红包”的时候，举起相机，“咔嚓咔嚓”地抓拍了五六张照片。接下来，是快板书。再接下来，是男声独唱，男声小合唱。但不管是什么节目，一概没有乐队，没有灯光，没有婀娜多姿的姑娘们伴舞，没有徐徐敞开或合上的大幕。舞台上，唯一的乐器设备，就是一台双卡的录放机。所谓的舞台，也就是营房前面扫清积雪后的一小块空地儿。

小林乡长和山上的最高长官“一杠一星”的刘站长，并排坐在前面，总共不足一个班的雷达兵们，既是演员，又是观众。他们演出时，就到前面去表演，不演出时，就昂首挺胸端坐在小林乡长和刘站长背后。前后演了七八个节目，战士们个个精神抖擞，斗志昂扬，连续登台表演的战士，满脸都流下了汗水。

最后一个节目是男声大合唱《咱当兵的》。音乐响起时，坐在小林乡长旁边的刘站长也加入到演唱当中。顷刻间，洪亮而雄壮的歌声，响彻在蓝天白云间，回荡在空旷而宁静的山巅，萦绕在白雪皑皑、银装素裹的山谷。战士们粗犷而奔放的歌喉，尽管有些走调，可他们唱得铿锵有力，铮铮铁骨，个个脸上青筋暴跳，且有大滴大滴的汗水，顺额而下。

小林乡长被战士们动情的演唱所感染，情不自禁地也跟着唱起来。一曲歌罢，台上齐刷刷地打起立正，个个都笔挺笔挺地行起军礼。

台下，“叭叭叭”地响起一个音调——孤寂的掌声。旁边的民政助理吴家成仍在“咔嚓咔嚓”地抓拍着。直到这时，小林乡长才意识到，整台节目，只有他一个人是观众。

那一刻，小林乡长的掌声，戛然而止！他木木地走上台，与官兵们一一握手时，情不自禁地盈满了两眼泪花。

村官

快过年了，县中读书的儿子该回来了。

三更的女人一宿二日地念叨：有方便车子去，把华子那床被子弄回来，拆拆洗洗才好哩，盖了一个冬天了，还不知脏成什么样儿？

三更不吱声。他是村长，他忙呀！这阵子虽说是冬闲，可接近年关了，小村里在外头干活的汉子们都回来了，上头要求狠抓计划生育。怎么个抓法呀？苦熬了大半年的婆娘们，这会儿，好不容易盼来了自家男人，还不翻来覆去地睡个够呀！

所以，村里边，三天两头办学习班，十天半月的，就领一帮婆娘去乡卫生院“照镜子”。就这样，来年开春时，还照样有那么几个小媳妇怀上大肚子。没办法，难缠死了！

“去他娘的！”三更跟那些躲来藏去的小媳妇缠够了，他跟四合说：“我们得出去走走，想办法搞点项目来。”也就是说，抓“大肚子”的事，先放放吧。

四合是村里的会计，他能不理解吗？很快，他从这一阵子计划生育款中数出两千，用报纸包了包，去问三更够不够。

三更说：“差不多。”

四合就去怀里掏那个裹好的纸包，想把钱给三更。

三更说：“你放着吧！”

四合就明白，三更要带他一起去。

果然，四合回家换了双鞋子的工夫，西街木瓜的“小黄虫”，就“扑扑扑”地冒着青烟，停在村部门口等他们了。

那时间，村里的其他几个干部都送三更到“小黄虫”跟前，他们对三更说：“你就放心走吧！，家里有我们呐。”

可三更还是放心不下，临上车时，还告诉大家，有急事就打他的传呼。

出了村，四合也没问去哪，是三更主动跟他说的。三更说：“我们到县农科站，看看有没有好的优良种子。”

四合反应很快，立马附和着说：“早该往这方面想了，现在都什么社会了，不依靠科技哪行？”

三更没跟他深扯，上车不多一会儿，就歪在车窗上迷迷糊糊地打上了瞌睡。

快晌午的时候，车子到了县城。三更看下表，迷迷瞪瞪地说：“先找个地方吃饭吧。”

开车的木瓜一听说吃饭，立马就放慢了车速，两眼不停地往路两边瞄。

三更说：“往前开，到县中附近吧，我想顺便去看看华子。”

四合说：“叫他出来，跟我们一起下馆子！”

三更说：“就怕赶不上了，他们学校开饭早。”

四合说：“没事，还不到十一点，能赶上。”随即让木瓜把车开快点。

回头，等三更跟木瓜在县中门口的一家海鲜馆里坐下时，四合还真去把华子给领来了。华子进门叫了声：“爹。”

三更没正面答应，三更说：“多会儿放假？”

华子说：“明天。”

“不是说今天吗？”

华子说：“又改了，明天上午还要开会。”

三更不吱声。三更把菜谱递给木瓜，说：“你开了一上午的车了，你辛苦。你点菜吧！”

木瓜哪好意思，忙把菜谱递给四合。四合就不客气了，翻开菜谱，每点一道菜，都要问一下华子：

“来个腰果虾仁？”

华子说：“行。”

“清蒸桂鱼？”

华子说：“行。”

“黑鱼两吃？”

华子说：“行。”

点到要不要老鳖的时候，四合把眼睛转向三更。

三更说：“算了，不要破费，随便吃点，下午还有事。”

可不是嘛！下午他们还要去看看有没有优良品种哩。

不能作美的是，下午三四点钟的时候，他们开车转到农科站，找到原先卖种子的地方，却发现人家关门上锁了，他们认为农科站是今日盘点。

当下，三更有些牙疼似的说：“这怎么办？”

四合自然晓得怎样办。他有点软缠硬磨的口气，跟三更说：“好不容易出来一趟，住一宿，明天再说吧？我们很久都没来县城了。”当然，他不会说透明天把华子一起带上。

三更好像还有点醉了不醒的样子，把大衣往怀里掖了掖，打了个哈欠，说：“随你！”

之后，三更就不管他们的事了。

四合指挥着木瓜，把车子开往县中方向，找到一家不是太高档的宾馆住下时，四合还跟木瓜打哈哈，说：“用你一天车子，给你八十。用你两天，给你一百二怎样？”

木瓜说：“由你们当官的赏吧。”

四合点了点钱，想付他点车费，又怕晚上不够花的，就跟木瓜说：“我回去再付你车费钱。”

木瓜的声拖得长长的，说：“行——呀！”

木瓜心里话，反正出来吃喝不用他掏钱，回家再付他车费也是一样。

晚上，他们又把华子叫出来一起吃饭了，还安排华子在宾馆里理了发，洗了澡，快十一点的时候，才送华子去学校。

第二天，华子去开会时，四合就帮他把该带的行李收拾到车上了。

赶华子那边一宣布放假，木瓜就在校门口把“小黄虫”发动着了。车子开出县城好远了，四合才想起，忘了去农科站看看开没开门了。但此刻，他看三更早没了那回事了，他也就不提了。

官 饭

满更的儿子在城里做局长。

满更老人很少到儿子那里去。满更忙呀！岭上十几亩山楂地，家里还喂着三只老母猪。老两口从早忙到黑，还有做不完的事。

这回，村会计家的小闺女报考县城的高级中学还差那么几分，想省几个钱，找到满更，让满更卖卖老面子，去城里找他当局长的儿子帮忙说句话。满更想到岭上十几亩挂上红果的山楂地，是村会计特地批给他的，也就不好推辞了。

转天，满更背着村会计给的一口袋板栗、山核桃什么的，找到儿子单位，已近晌午了。儿子身边的人安排到附近一家大宾馆里就餐。儿子身边的人，不让他们的局长和局长的父亲多走一步，下楼的台阶跟前，就有乌黑锃亮的小轿车等着。

来到宾馆，门口披红挂彩的小姐们，全都笑出灿烂的白牙，伸出小白鸽子一样的白手臂，在前头为其引路。满更在电视里看过，这都是国家大干部才享受的待遇。今天，托儿子的福，他满更也跟着风光一回。

包间里落座以后，小姐领满更到指定的位置上入座，并小心翼翼地为他理开桌前的一块洁白的餐巾布，就像哄小孩子一样，轻轻地帮他搭在胸前，并拖至两腿间。

满更想，儿子小的时候，他娘喂他玉米糊糊怕他乱抓腾吃脏了衣服，才找出这样一块围布子，围在儿子的胸前。而今，这大饭店里怎么把他一个大老头子也当成不懂事的孩子了？看看左右的人，尤其是看到坐在他身边的儿子，全都跟他一样，当起了不懂事的“大小孩子”。

满更老人想，也许这大饭店里讲卫生，怕大伙吃饭时，弄脏了人家东西，一律要围上围布子。但老人感到很不自在。

接下来的事儿，更让老人家难以接受，两旁的小姐就像伺候一个个生病的病人一样，把筷子从一个小纸筒里抽出来，轻轻地递到你手上，再帮你把跟前的碟子、小碗什么的，一样一样地摆放好，并倒上茶水，斟满酒，这才慢慢地退到一旁，候着。

满更老人感到很奇怪，做了局长的儿子，手脚都不知道动了，就像三岁孩子一样，傻乎乎地坐在那儿，等一帮小丫头片子们围候着做这做那。再者，他们连桌上吃的什么东西也不认识了，每上一道菜时，都要听那些小丫头片子们告诉他们这是什么什么。尤其是小姐报出一道“萝卜丝烧粉条”的菜名后，满更真的有些恼了！他气恨恨地瞪了那小姐一眼，心想：你滚一边去吧，一个萝卜丝烧粉条子，哪个还不认得？可小姐们不懂老人的心思，依旧按照程序，尽心尽责地服务着。

这期间，上来一盘水晶蒸饺，那饺子是用很薄的面皮蒸出来的，里面的虾仁、肉丁、蟹黄、香菇什么的，全都看得一清二楚，它不是酒桌上正规的菜，属于点心之类，让大伙喝酒的时候，随便吃一点，垫垫肚子，吃着玩的。但有数量限制，一人一个，并且由小姐分给大家吃。满更坐在上席，自然要从满更开始。

这时，只看一个漂亮的妹子，笑盈盈的样子多夹着一个小巧玲珑的饺子，立在他跟前，好像要等他满更张口，把那饺子喂到他口里去。其实，人家是想让他闪开一点，给他放到跟前的小碗里，让他慢慢地吃。

满更老人不懂得人家要干什么，误认为人家要喂他。当下，满更有些恼了！他觉得，他一个乡下大老头子，满嘴胡子拉碴的，还有儿子坐在跟前，怎么好让一个城里的妹子喂他呢？这不是老不正经吗？

满更老人憋出一头热汗，突然间，老人家火了！他猛一拍筷子，看着儿子，大声吼道：“我三岁两岁，还要你们喂我不成？！”

那小姐，吓了一大跳，忙退到一边。在座的诸位，也都傻了一样，愣愣地看着局长的父亲和他们的局长。一时间，谁都不知道局长的父亲为什么发火了！

局长当然知道，他示意左右的小姐全部退下，埋头为父亲倒满酒，想敬父亲一杯。可他，酒杯举到父亲跟前，好半天，没敢抬头看父亲。

田七闹镇

田七赶车到镇上，歇下驴，背一“蛇皮”口袋，沿街一家一户去打听：“有酒瓶卖吗？”

他不进人家门，只推开大门一道窄窄的缝。

这当中，院儿里正洗衣服或喂奶的妇人，便会抬起头，瞅他一眼，冷冷地问他：“几分一个？”

田七心领神会，忙举步跨进门槛，堆一脸滑稽的笑，瞅左右墙角的瓶数，低低地给出一个价儿。对方不依，讨价还价。讲到要紧处，他便脸儿一沉，蛇皮口袋肩上一搭，不买了。

这期间，他假假地走至门外多倘若还没听到主人回话，他定会折回来，仍旧堆一脸滑稽的笑，说：“罢了，就算我白为你们‘卫生’一回吧！”

当下，这笔小小的生意就算成了。

今天呢，田七正赶驴车街上走，镇政府饭堂的黄胖子推开一窗子热气，向他招手。

田七歇下驴，忙去抓蛇皮口袋。

黄胖子窗子里喊：“连驴车赶来，连驴车赶来。”

田七乐了，忙折驴车进镇政府大院儿。

期间，驴车快要装好时，田七拐小街的铺子里，买来两盒“淮海”。

黄胖子一看他拿来两盒“淮海”，当下就不高兴了，冲田七吵：“我那么些酒瓶子，就换你两盒‘淮海’？”

黄胖子没好气地把烟还给他，拽他衣袖自饭堂里出来，沾着菜叶的手，指指点点地说："你看看，你看看！这是多少酒瓶子？嗯！"

田七搔着一头蓬乱的头发，自个儿也不好意思起来，咧个大嘴傻傻地笑。

这时候，大院里许多站闲的人，听这边吵吵，相继端茶杯或叼烟卷向这边靠来。

"你们说说，这么些酒瓶子，就换他两盒'淮海'？"黄胖子说给围观的人来评理儿。

田七好似被人看得害羞起来多挠头笑着，换一回脚步，一本正经的样子，站好。

"老头，这么一车酒瓶，至少能换五条'淮海'！"

"就是，别太抠门了！"

围观的人七嘴八舌地说那老头。此时，有人看见老头手持两盒纸烟，便跟他打趣，说："你手中的烟卷，怎么不分给大伙抽来？"

田七笑，明知人家是逗他耍的，可他还是把纸烟撕开，拽出一支，捏在手中，瞅一圈人，说："你们都是大干部，不嫌孬，吃吧！"

人们"轰"地一声，笑了。显然是没有人去接他那只脏手捏着的烟卷儿。

"老头，这烟卷太孬，买好的去！"

"对！买好的去，老头。"

大伙都想逗他耍。一时间，田七像个活宝一样有趣。

"乡下人，哪有钱买好烟卷。"

"没钱？没钱你出来收什么酒瓶子？"有人把话接过来噎他。

"算了，别跟他打牙，没钱就把车上的酒瓶子给我卸下来。"刚去屋里添炭的黄胖子，愤愤然地又出来。

有人扯下黄胖子的围裙，圆场说："人家老头说了，还要再去给你买五条'淮海'！"

田七忙转身，冲黄胖子和那个打圆场的人笑，递烟卷。

黄胖子胳膊一抡，又抡，没好气地说："去！别来这一套。"

田七呢，仍旧撇着个大嘴，傻傻地乐，且换一回脚步，摊开双臂，很是为难地说："没钱，实在是没钱！"说完，还摸遍身上大小口袋。

“没钱？没钱把衣服押上一件。”有人出歪主意。

几个小伙子立马欢呼雀跃起来。

“对！扒老头衣服！”

说着，还真有人上来抓他的棉衣哩。

田七知道这是逗他耍的，仍旧傻傻地乐。

“咦！老头有钱？！”

逗抓他的人，触到他棉衣内层的硬处，拽出一个装钱的塑料袋，立马大惊小怪起来。

田七一看“钱袋”被人拽出来，顿时恼了，一把夺过“钱袋”，猛推那人一把，脸色一沉，吼道：“我有钱怎么啦？”略顿，他又大声吼道：“我有钱是我自己血汗挣的！”

刹那间，田七的脸色变得铁青，很吓人！

在场的人都没料到这老头会这样，一时间都愣住了。

田七呢，看大伙都愣着，不敢吱声，就更加得意了。他指着自个儿鼻尖儿，皮笑肉不笑地说：“我田老七不讲理是不是？”说着，他猛一拍胸膛，答道：“今天，没啥道理可讲！”他问黄胖子：“你要是个有种的，今天，你给我如实说说这车酒瓶子的来头？”

黄胖子不知道这老头是怎么了，一时间，也不知说什么是好，只想往众人身后退。

田七呢，换一种口气，问一圈人：“这瓶子里的酒，你们哪个掏自个儿的腰包买过？嗯——”说着，他一拍胸脯，厉声吼道：“没有！你们谁也没有掏过自己的腰包。这都是公家的酒，都是我们老百姓的血汗钱！还有脸向我来讨酒瓶子钱？哼，小街上走走，听听人家骂你们什么哩……”说着，田七怒指一圈人，吼道：“我实话告诉你们，今天这车酒瓶子，我田老七拉定了，哪个有种的敢拦我，我就开他的‘血瓢’。”

说完，田七抓过一个空酒瓶子，用力握在手中，并调正驴车，蛮不讲理的神情，大步大步地走出镇政府的大院儿……